前　言

职业教育的根本是培养有较强实际动手能力和职业素养的技能型人才。化工单元操作实训课程就是培养化工类专业学生较强实际动手能力和职业素养的关键课程之一；是国家示范院校重点建设专业人才培养计划中重新构建的核心课程，对化工类专业技能型人才的培养具有举足轻重的作用。

本教材按照"工学结合、校企合作"的人才培养模式，以典型的化工生产过程为载体，以典型的工作任务为导向，以岗位操作技能为目标，开发设计了流体输送、传热、筛板塔精馏、间歇反应釜、脉冲填料萃取、吸收与解吸、流化床干燥、喷雾干燥等八个典型的化工生产装置。化工单元操作实训课程具有课程体系模块化、实训内容任务化、技能操作岗位化、安全操作规范化、考核方案标准化、职业素养文明化等特点；把化工技术、自动化技术、网络通信技术、数据处理等最新的成果揉合在一起，实现了工厂模拟现场化、故障模拟化、故障报警、网络采集与控制等训练任务；真正体现了"学中做、做中学"，形成"教、学、做、训、考"一体化的职教模式。

本书作为高职化工类及其相近专业的一门主干课程的教材，也可作为其他相关专业，如石油、生物工程、制药、冶金、食品等专业技能培训的指导书或参考书，也可作为化工生产企业技术人员的技能培训教材。

本书由河北工业职业技术学院周长丽、朱银惠主编，河北工业职业技术学院焦震霞、呼和浩特职业学院韩漠参编，全书由周长丽统稿，山东枣庄矿业集团有限公司高级工程师宋长勇主审。

由于编写人员的水平有限，时间仓促，教材中难免有不妥之处，恳请读者批评指正。

编者
2011 年 6 月

前　言

国家示范性高职院校建设规划教材

化工单元操作实训

周长丽　朱银惠　主编

化学工业出版社

·北京·

本书以典型的化工生产过程为载体，以典型的工作任务为导向，以岗位操作技能为目标。主要内容包括：实训室安全知识认知；实验数据误差分析；化工基本物理量（压力、温度、流体流量）的测量；化工单元（流体输送、传热、精馏、吸收与解吸、萃取、干燥、间歇反应釜）技能训练；基本能力训练，如管路拆装，换热器开停车及故障处理，离心泵、离心机、压滤机、鼓风机操作与维护。

本书可作为高职高专化工类及其相近专业的教材，也可作为其他相关专业技能培训的指导书或化工生产企业技术人员的参考书。

图书在版编目（CIP）数据

化工单元操作实训/周长丽，朱银惠主编 . —北京：
化学工业出版社，2011.8
国家示范性高职院校建设规划教材
ISBN 978-7-122-11674-1

Ⅰ．化…　Ⅱ．①周…②朱…　Ⅲ．化工单元操作-高
等职业教育-教材　Ⅳ．TQ02

中国版本图书馆 CIP 数据核字（2011）第 129163 号

责任编辑：张双进　　　　　　　　　　文字编辑：林　媛
责任校对：周梦华　　　　　　　　　　装帧设计：王晓宇

出版发行：化学工业出版社（北京市东城区青年湖南街 13 号　邮政编码 100011）
印　　装：大厂聚鑫印刷有限责任公司
787mm×1092mm　1/16　印张 9½　字数 213 千字　2011 年 8 月北京第 1 版第 1 次印刷

购书咨询：010-64518888（传真：010-64519686）　　售后服务：010-64518899
网　　址：http://www.cip.com.cn
凡购买本书，如有缺损质量问题，本社销售中心负责调换。

定　　价：20.00 元　　　　　　　　　　　　　　　　　版权所有　违者必究

目　录

绪　　论

现代化工的发展趋势是生产装置大型化、生产过程连续化和过程控制自动化，并朝着节约型、清洁型、循环型的方向发展。化工生产是间接生产，设备作业、工人的劳动形式不再是直接接触产品，而是对生产装置观察、判断、调节和控制。生产工艺、设备、仪表迅速更新，大型企业已普遍用计算机和以"DCS"为主的集散系统进行生产过程的自动控制，有些企业已实现智能控制。

为确保化工生产安全、稳定、长周期、满负荷和最优化地运行，化工行业对操作人员的综合素质要求越来越高，工厂情境化、操作实际化和管控一体化的化工职业技能培训成为迫切需求。《化工单元操作实训》就是为化工专业人才适应这种发展趋势而编写的综合技能训练教材，是化工单元操作的配套教材；与化工单元操作课堂讲授、现场教学等教学环节构成一个有机的整体；加强了学生职业技能的训练，培养有创造性的高技能型人才。

一、训练内容和特点

本教材包括下列三个系统，如图 0-1 所示。包括典型的化工生产装置与控制单元操作实训系统；化工生产单元 DCS 控制软件系统；实操技能考核软件系统。本教材在内容编排上体现了以下特点。

1. 专业基本技术技能应用的真实性

本课程内容按照未来专业岗位群对基本技术技能的要求设置，包括典型化工生产装置与控制单元流程、运行工作原理、实际操作现象、故障点设置、排障和设备维护等内容，同时结合工艺单元流程控制对象，融合了现代化工过程检测控制软、硬件系统的应用。

2. 专业领域的先进性

通过化工单元操作实训，使学生在实训过程中学到和掌握本专业领域先进的技术、工艺流程和自动控制技术。现代化的中控室里具有信息管理、OPC 服务器、WEB 远程服务、工程师站、操作站、现场控制站、数据采集站、远程视频监控对讲等功能。

3. 训练内容的综合性

化工单元操作实训包括传热、萃取、干燥、吸收与解析、精馏、流体输送、管路拆装、反应釜、板框过滤联动等典型单元的"实操、仿真操作、技能考核"一体化训练。体现了我国高等工程教育实训的发展方向。

4. 教材的开放性

本教材适用于高职高专、技校、职业教育实训及企业职工培训，可满足化工工艺、化工单元操作、化学反应过程、化工自动化仪表等课程的实践教学、认识实习、生产实习、毕业实训及岗前模拟训练等。同时控制系统知识的广度和深度完全可以满足高职院校教师、企业岗位工及初、高级技术人员的综合培训要求。

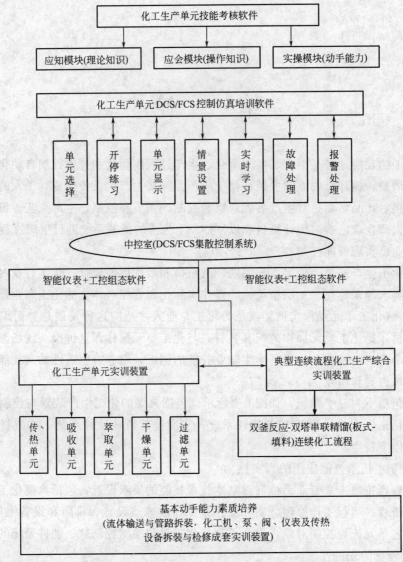

图 0-1　化工生产装置与控制单元操作实训系统

二、训练目标和要求

化工实践教学改革的最终目的就是要根据企业的需要进行教学。而贯穿在教学中的是未来操作员、岗位技师和车间管理人员等必须具备的基础知识、岗位知识、职业技能和职业素养，也是化工单元操作实训的目标要求。

1. 训练目标

（1）知识性目标

① 掌握化工安全生产的基本要求；

② 掌握化工生产装置的流程、设备的构造、训练操作步骤、数据的测取及整理等；

③ 掌握设备、仪表和自控系统的使用维护知识；

④ 掌握计算机和自动化仪表以及机、电、水、汽等方面的相关知识或技能；

⑤ 熟悉当代新工艺、新设备、新仪表。

（2）技能性目标

① 会识图、绘图、识表；

② 能熟练地使用集散系统和智能控制系统进行生产操作；

③ 会使用化工生产中的各种工具、仪器和仪表；

④ 会分析、检验原料及产品；

⑤ 会开车停车、正常操作、事故分析与处理、经济核算等；

⑥ 会整理实训数据，编写规范的实训报告。

（3）情感目标

①具有严谨的工作态度和较强的政治素养；

②具有较强的求知精神和再学习能力；

③具有爱岗敬业、踏实肯干、实事求是的作风；

④具有创新意识和语言文字表达能力；

⑤具有拓展思维和创新创业能力；

⑥具有人际交流、团队协作能力和项目管理能力。

2. 技能和知识要求与体现

（1）职业素养和应知应会训练要求与体现　职业素养和应知应会训练要求与体现见表 0-1。

表 0-1　职业素养和应知应会训练要求与体现

职业素养和应知应会	体现
化学基础知识	无机、有机、物理和分析四大基础化学
化工基础知识	传动、传热、传质和反应工程理论基础
化工机械设备知识	主要设备工作原理、维护保养基本知识及安全使用常识
识图知识	工艺流程图和设备结构图的识读知识
分析知识	主要分析项目、取样点、分析频次及指标范围
电工、电器、仪表及计量知识	1. 电工基本概念、直流电与交流电知识、安全用电知识； 2. 常用温度、压力、液位、流量(计)、湿度(计)等仪表的基本知识
自动化认识及控制系统知识	1. 岗位所使用的仪表、电器、计算机的性能、规格、使用和维护知识； 2. 常规仪表、智能仪表、集散控制系统(DCS)使用知识
安全及环境保护知识	1. 防火、防爆、防腐蚀、防静电、防中毒知识； 2. 压力容器的操作安全知识； 3. 高温高压、有毒有害、易燃易爆、冷冻剂等特殊介质的特性及安全使用知识； 4. 现场急救知识； 5. 废水、废气、废渣的性质、处理方法和排放标准
消防和法律、法规知识	1. 物料危险性及特点； 2. 灭火的基本原理、方法、设备及器具的性能和使用方法； 3. 安全生产法及化工安全生产法规相关知识； 4. 化学危险品管理条例相关知识； 5. 职业病防治法及化工职业卫生法规相关知识

（2）职业技能和岗位知识训练要求与体现　职业技能和岗位知识训练要求与体现见表 0-2。

表 0-2　职业技能和岗位知识训练要求与体现

职业技能	工作内容	技 能 要 求	岗 位 知 识
开车准备	工艺文件准备	1. 能识读并绘制带控制点的工艺流程图（PID）； 2. 能绘制主要设备结构简图； 3. 能识读工艺配管图； 4. 能识记工艺技术规程	1. 带控制点的工艺流程图中控制点符号的含义； 2. 设备结构图绘制方法； 3. 工艺管道轴测图绘图知识； 4. 工艺技术规程知识
	设备检查	1. 能完成本岗位设备的查漏、置换操作； 2. 能确认本岗位电气、仪表是否正常； 3. 能检查确认安全阀、爆破膜等安全附件是否处于备用状态	1. 压力容器操作知识； 2. 仪表联锁、报警基本原理； 3. 联锁设定值，安全阀设定值、校验值，安全阀校验周期知识
	物料准备	能将本岗位原料、辅料引进到界区	本岗位原料、辅料理化特性及规格知识
总控操作	开车操作	1. 能按操作规程进行开车操作； 2. 能将各工艺参数调节至正常指标范围； 3. 能进行投料配比计算	1. 本岗位开车操作步骤； 2. 本岗位开车操作注意事项； 3. 工艺参数调节方法； 4. 物料配方计算知识
	运行操作	1. 能操作总控仪表、计算机控制系统对本岗位的全部工艺参数进行跟踪监控和调节，并能指挥进行参数调节； 2. 能根据中控分析结果和质量要求调整本岗位的操作； 3. 能进行物料衡算	1. 生产控制参数的调节方法； 2. 中控分析基本知识； 3. 物料衡算知识
	停车操作	1. 能按操作规程进行停车操作； 2. 能完成本岗位介质的排空、置换操作； 3. 能完成本岗位机、泵、管线、容器等设备的清洗、排空操作； 4. 能确认本岗位阀门处于停车时的开闭状态	1. 本岗位停车操作步骤； 2. "三废"排放点、"三废"处理要求； 3. 介质排空、置换知识； 4. 岗位停车要求
故障判断与处理	故障判断	1. 能判断物料中断故障； 2. 能判断跑料、串料等工艺故障； 3. 能判断停水、停电、停气、停汽等突发故障； 4. 能判断常见的设备、仪表故障； 5. 能根据产品质量标准判断产品质量故障	1. 设备运行参数； 2. 岗位常见故障的原因分析知识； 3. 产品质量标准
	故障处理	1. 能处理温度、压力、液位、流量异常等故障； 2. 能处理物料中断故障； 3. 能处理跑料、串料等工艺故障； 4. 能处理停水、停电、停气、停汽等突发故障； 5. 能处理产品质量故障； 6. 能发相应的故障信号	1. 设备温度、压力、液位、流量异常的处理方法； 2. 物料中断故障处理方法； 3. 跑料、串料故障处理方法； 4. 停水、停电、停气、停汽等突发故障的处理方法； 5. 产品质量故障的处理方法； 6. 故障信号知识

3. 训练要求

《化工单元操作实训》课程对于学生来说是第一次接触到用工程装置进行实训，学生往往感到陌生，无法下手。有的学生又因为是几个人一组而有依赖心理，为了切实收到教学效果，要求每个学生必须做到以下几点。

（1）课前预习

① 认真阅读实训教材，复习课程教材有关内容。掌握实训要求，实训所依据的原理，实训步骤及所需测量的参数及所用测量仪表的使用方法、操作规程和安全注意事项。

② 到实训室现场熟悉实训设备和流程，摸清测试点和控制点位置。

③ 具有计算机辅助教学（CAI）手段时，可让学生进行计算机仿真练习。通过计算机仿真练习，熟悉各个实训的操作步骤和注意事项，以增强实训效果。

④ 在预习基础上，写出实训预习报告。预习报告内容包括实训目的、原理、流程、操作步骤、注意事项等。

⑤ 特别要考虑设备的哪些部分或操作中哪个步骤会产生危险，如何防护？以保证实训过程中人身和设备安全。

⑥ 不预习者不准做实训。

（2）操作训练

① 实训开始前，小组成员应根据分工的不同，明确要求，以便实训中协调工作。

② 设备启动前必须首先检查，调整设备进入启动状态，然后再进行送电、通水或蒸汽等启动操作。

③ 实训进行过程中，操作要平稳、认真、细心。

④ 实训数据的记录应仔细认真、整齐清楚。

⑤ 学生应注意培养自己严谨的科学作风，养成良好的习惯。

⑥ 实训结束整理好原始数据，将实训设备和仪表恢复原状，切断电源，清扫卫生，经教师允许后方可离开实训室。

（3）实训报告的编写　实训报告是对实训进行的全面总结，是一份技术文件。实训报告必须写得简明、数据完整、结论明确，有讨论、有分析，得出的公式或图线有明确的使用条件。编写实训报告的能力也需要经过严格训练，为今后写好研究报告和毕业论文打下基础。因此要求学生各自独立完成这项工作。实训报告内容如下。

① 实训时间、报告人、同组人等。

② 实训名称、实训目的与要求等。

③ 实训基本原理。

④ 实训装置简介、流程图及主要设备的类型和规格。

⑤ 实训操作步骤。

⑥ 原始数据记录表格。

⑦ 实训数据的整理。实训数据的整理就是把实训数据通过归纳、计算等方法整理出一定的关系（或结论）的过程。应有计算过程举例，即以一组数据为例从头到尾把计算过程一步一步写清楚。

⑧ 将实训结果用图示法、列表法或方程表示法进行归纳，得出结论。

⑨ 对实训结果及问题进行分析讨论。

⑩ 参考文献。

实训报告必须力求简明、书写工整、文字通顺、数据完全、结论明确。图形图表的绘制必须用直尺、曲线板或计算机数据处理。实训报告必须采用学校统一印制的实训报告纸编写，在指定时间交给指导老师批阅。

项目一　实训室安全知识认知

任务一 安全操作知识认识

　　化工单元操作实训属于化工实训，与一般化学实训比较起来，有共同点，也有其本身的特殊性。为了安全成功地完成实训，除了每个实训的特殊要求外，在这里提出一些化工实训中必须遵守的注意事项和一些必须具备的安全知识。

一、常用设备和仪器仪表的安全使用

　　① 泵、风机、压缩机、电机等转动设备启动前硬盘车即用手使其运转，从感觉及声响上判别有无异常，并检查润滑油位是否正常。

　　② 设备上各阀门的开、关状态。

　　③ 接入设备的仪表开、关状态。

　　④ 设备拥有的安全措施，如防护罩、绝缘垫、隔热层等。

　　⑤ 熟悉仪器仪表的原理与结构。

　　⑥ 操作过程中注意分工配合，严守自己的岗位，精心操作。

　　⑦ 实训结束时先关掉热源、水源、气源、仪表阀门再切断电机电源。

　　⑧ 实训后要搞清楚总电闸的位置和灭火器材的安放地点。

二、压差计的安全使用

　　在化工实训中，往往被人们所忽视的毒物，是压差计中的水银，如果操作不慎，压差计中的水银可能被冲洒出来。水银是一种累计性的毒物，水银进入人体不易被排出，累计多了就会中毒。因此，一方面装置中竭力避免采用水银；另一方面要谨慎操作，开关阀门要缓慢，防止冲走压差计中的水银。操作过程要小心，不要碰破压差计。一旦水银冲洒出来，一定要认真地尽可能地将它收集起来。实在无法收集的细粒，也要用硫磺粉和氯化铁溶液覆盖。因为细粒水银蒸发面积大，易于蒸发汽化，不宜采用扫帚扫或用水冲的办法。

三、高压钢瓶的安全使用

　　在化工实训中，另一类需要引起特别注意的东西，就是各种高压气体。化工实训中所用的气体种类较多，一类是具有刺激性的气体，如氨、二氧化硫等，这类气体的泄漏一般容易被发觉；另一类是无色无味，但有毒性或易燃、易爆的气体，如一氧化碳等，不仅易中毒，在室温下空气中的爆炸范围为 $12\% \sim 74\%$。当气体和空气的混合物在爆炸范围内，只要有火花等诱发，就会立即爆炸。氢在室温下空气中的爆炸范围为 $4\% \sim 75.2\%$（体积分数）。因此使用有毒或易燃易爆气体时，系统一定要严密不漏，尾气要导出室外，并注意室内通风。

高压钢瓶是一种贮存各种压缩气体或液化气体的高压容器。钢瓶容积一般为 40～60L，最高工作压力为 15MPa，最低的也在 0.6MPa 以上。瓶内压力很高，以及贮存的气体本身某些又是有毒或易燃易爆，故使用气瓶一定要掌握气瓶的构造特点和安全知识，以确保安全。

气瓶主要由筒体和瓶阀构成，其他附件还有保护瓶阀的安全帽、开启瓶阀的手轮。另外，在使用时瓶阀出口还要连接减压阀和压力表。

标准高压气瓶是按国家标准制造的，并经有关部门严格检验方可使用。各种气瓶使用过程中，还必须定期送有关部门进行水压试验，经过检验合格的气瓶，在瓶肩上用钢印打上下列资料：制造厂家和日期；气瓶型号和编号；气瓶重量和容积；工作压力；水压试验压力，水压试验日期和下次试验日期。

各类气瓶的表面都应涂上一定颜色的油漆，其目的不仅是为了防锈，主要是能从颜色上迅速辨别钢瓶中所贮存气体的种类，以免混淆。常用的各类气瓶的颜色及其标识如表1-1 所示。

表 1-1　常用的各类气瓶的颜色及其标识

气体种类	工作压力/MPa	水试验压力/MPa	气瓶颜色	文字	文字颜色	阀门出口螺纹
氧	15	22.5	浅蓝色	氧	黑色	正扣
氢	15	22.5	暗绿色	氢	红色	反扣
氮	15	22.5	黑色	氮	黄色	正扣
氩	15	22.5	棕色	氩	白色	正扣
压缩空气	15	22.5	黑色	压缩空气	白色	正扣
二氧化碳	12.5(液)	19	黑色	二氧化碳	黄色	正扣
氨	3(液)	6	黄色	氨	黑色	正扣
氯	3(液)	6	草绿色	氯	白色	正扣
乙炔	3(液)	6	白色	乙炔	红色	反扣
二氧化硫	0.6(液)	1.2	黑色	二氧化硫	白色	正扣

为了确保安全，在使用钢瓶时，一定要注意以下几点。

① 当气瓶受到明火或阳光等热辐射的作用时，气体因受热而膨胀，使瓶内压力增大。当压力超过工作压力时，就有可能发生爆炸。因此，在钢瓶运输、保存和使用时，应远离热源（明火、暖气、炉子等），并避免长期在日光下曝晒，尤其在夏天更应注意。

② 气瓶即使在温度不高的情况下受到猛烈撞击，或不小心将其碰倒跌落，都有可能引起爆炸。因此，钢瓶在运输过程中，要轻搬轻放，避免跌落撞击，使用时要固定牢靠，防止碰倒。更不允许用锥子、扳手等金属器具打钢瓶。

③ 瓶阀是钢瓶中关键部件，必须保护好，否则将会发生事故。

a. 若瓶内存放的是氧、氢、二氧化碳和二氧化硫等，瓶阀应用铜和钢制成。当瓶内存放的是氨，则瓶阀必须用钢制成，以防腐蚀。

b. 使用钢瓶时，必须用专用的减压阀和压力表。尤其是氢气和氧气不能互换，为了防止氢和氧两类气体的减压阀混用造成事故，氢气表和氧气表的表盘上都注明有氢气表和氧气表的字样。氢及其他可燃气体瓶阀，连接减压阀的连接管为左旋螺纹；而氧等不可燃烧气体瓶阀，连接管为右旋螺纹。

c. 氧气瓶阀严禁接触油脂。因为高压氧气与油脂相遇，会引起燃烧，以至爆炸。开关氧气瓶时，切莫用带油污的手和扳子。

d. 要注意保护瓶阀。开关瓶阀时一定要搞清楚方向缓慢转动，旋转方向错误和用力过猛会使螺纹受损，可能冲脱而出，造成重大事故。关闭瓶阀时，不漏气即可，不要关得过紧。用毕和搬运时，一定要安上保护瓶阀的安全帽。

e. 瓶阀发生故障时，应立即报告指导教师。严禁擅自拆卸瓶阀上任何零件。

④ 当钢瓶安装好减压阀和连接管线后，每次使用前都要在瓶阀附近用肥皂水检查，确认不漏气才能使用。对于有毒或易燃易爆气体的气瓶，除了保证严密不漏外，最好单独放置在远离实训室的小屋里。

⑤ 钢瓶中气体不要全部用净。一般钢瓶使用到压力为 0.5MPa 时，应停止使用。因为压力过低会给充气带来不安全因素，当钢瓶内压力与外界大气压力相同时，会造成空气的进入。对危险气体来说，由于上述情况在充气时发生爆炸事故已有许多教训。乙炔钢瓶规定剩余压力与室温有关。

⑥ 气瓶必须严格按期检验。

任务二　安全用电知识认知

一、保护接地和保护接零

在正常情况下电器设备的金属外壳是不导电的，但设备内部的某些绝缘材料若损坏，金属外壳就会导电。当人体接触到带电的金属外壳或带电的导线时，就会有电流流过人体。带电体电压越高，流过人体的电流就越大，对人体的伤害也越大。当大于 10mA 的交流电或大于 50mA 的直流电流过人体时，就可能危及生命安全。我国规定 36V（50Hz）的交流电是安全电压。超过安全电压的用电就必须注意用电安全，防止触电事故。

为防止发生触电事故，要经常检查实训室用的电器设备，寻找是否有漏电现象。同时要检查用电导线有无裸露和电器设备是否有保护接地或保护接零措施。

1. 设备漏电测试

检查带电设备是否漏电，使用试电笔最为方便。它是一种测试导线和电器设备是否带电的常用电工工具，由笔端金属体、电阻、氖管、弹簧和笔端金属体组成。大多数将笔尖作成改锥形式。如果把试电笔极端金属体与带电体（如相线）接触，笔尾金属端与人的手部接触，那么氖管就会发光，而人体并无不适感觉。氖管发光说明被测物带电。这样，可及时发现电器设备有无漏电。一般使用前要在带电的导线上预测，以检查是否正常。

用试电笔检查漏电，只是定性的检查，欲知电器设备外壳漏电的程度还必须用其他仪表检测。

2. 保护接地

保护接地是用一根足够粗的导线，一端接在设备的金属外壳上，另一端接在接地体上（专门埋在地下的金属体），使与大地连成一体。一旦发生漏电，电流通过接地导线流入大地，降低外壳对地电压。当人体触及外壳时，流入人体电流很小而不致触电。电器设备接地的电阻越小则越安全。如果电路有保护熔断丝，会因漏电产生电流而使保护熔断丝熔化并自动切断电压。一般的实训室用电采用这种接地方式已较少，大部分用保护接零的方法。

3. 保护接零

保护接零是把电器设备的金属外壳接到供电线路系统中的中性线上，而不需专设接地线和大地相连。这样，当电器设备因绝缘损坏而碰壳时，相线（即火线）、电器设备的金属外壳和中性线就形成一个"单相短路"的电路。由于中性线电阻很小，短路电流很大，会使保护开关动作或使电路保护熔断丝断开，切断电源，消除触电危险。

在保护接零系统内，不应再设置外壳接地的保护方法。因为漏电时，可能由于接地电阻比接零电阻大，致使保护开关或熔断丝不能及时熔断，造成电源中性点电位升高，使所有接零的电器设备外壳都带电，反而增加了危险。

保护接零是由供电系统中性点接地所决定的。对中性点接地的供电系统采用保护接零是既方便又安全的办法。但保证用电安全的根本方法是电器设备绝缘性良好，不发生漏电现象。因此，注意检测设备的绝缘性能是防止漏电造成触电事故的最好方法。设备绝缘情况应经常进行检查。

二、实训室用电的导线选择

实训室用电或实训流程中的电路配线，设计者要提出导线规格，有些流程要亲自安装，如果导线选择不当就会在使用中造成危险。导线种类很多，不同导线和不同配线条件下都有安全截流值规定，在有关手册中可以查到。

在实训时，应考虑电源导线的安全截流量。不能任意增加负载而导致电源导线发热造成火灾或短路的事故。合理配线的同时还应注意保护熔断丝选配恰当，不能过大也不应过小。过大失去保护作用；过小则在正常负荷下会熔断而影响工作。熔断丝的选择要根据负载情况而定，可参看有关电工手册。

三、实训室安全用电注意事项

化工单元操作实训中电器设备较多，某些设备的电负荷也较大。在接通电源之前，必须认真检查电器设备和电路是否符合规定要求，对于直流电设备应检查正负极是否接对。必须搞清楚整套实训装置的启动和停车操作顺序，以及紧急停车的方法。注意安全用电极为重要，对电器设备必须采取安全措施。操作者必须严格遵守下列操作规定。

① 进行实训之前必须了解室内总电闸与分电闸的位置，以便出现用电事故时及时切断各电源。

② 电器设备维修时必须停电作业。

③ 带金属外壳的电器设备都应该保护接零，定期检查是否联结良好。

④ 导线的接头应紧密牢固。接触电阻要小。裸露的接头部分必须用绝缘胶布包好，或者用绝缘管套好。

⑤ 所有的电器设备在带电时不能用湿布擦拭，更不能有水落于其上。电器设备要保持干燥清洁。

⑥ 电源或电器设备上的保护熔断丝或保险管，都应按规定电流标准使用。严禁私自加粗保险丝或用铜或铝丝代替。当熔断保险丝后，一定要查找原因，消除隐患，而后再换

上新的保险丝。

⑦ 电热设备不能直接放在木制实训台上使用，必须用隔热材料垫架，以防引起火灾。

⑧ 发生停电现象必须切断所有的电闸。防止操作人员离开现场后，因突然供电而导致电器设备在无人监视下运行。

⑨ 合闸动作要快，要合得牢。合闸后若发现异常声音或气味，应立即拉闸，进行检查。如发现保险丝熔断，应立刻检查带电设备上是否有问题，切忌不经检查便换上熔断丝或保险管就再次合闸，这样会造成设备损坏。

⑩ 离开实训室前，必须把分管本实训室的总电闸拉下。

项目二　实验数据误差分析

任务一 实验数据的误差分析

由于实验方法和实验设备的不完善，周围环境的影响，以及人的观察力、测量程序等限制，实验观测值和真值之间，总是存在一定的差异。人们常用绝对误差、相对误差或有效数字来说明一个近似值的准确程度。为了评定实验数据的精确性或误差，认清误差的来源及其影响，需要对实验的误差进行分析和讨论。由此可以判定哪些因素是影响实验精确度的主要方面，从而在以后实验中，进一步改进实验方案，缩小实验观测值和真值之间的差值，提高实验的精确性。

测量是人类认识事物本质所不可缺少的手段。通过测量和实验能使人们对事物获得定量的概念和发现事物的规律性。科学上很多新的发现和突破都是以实验测量为基础的。测量就是用实验的方法，将被测物理量与所选用作为标准的同类量进行比较，从而确定它的大小。

一、真值与平均值

真值是待测物理量客观存在的确定值，也称理论值或定义值。通常真值是无法测得的。若在实验中，测量的次数无限多时，根据误差的分布定律，正负误差的出现概率相等。再经过细致地消除系统误差，将测量值加以平均，可以获得非常接近于真值的数值。但是实际上实验测量的次数总是有限的。用有限测量值求得的平均值只能是近似真值，常用的平均值有下列几种。

1. 算术平均值

算术平均值是最常见的一种平均值。设 x_1、x_2、$\cdots$、x_n 为各次测量值，n 代表测量次数，则算术平均值为

$$\overline{x}=\frac{x_1+x_2+\cdots+x_n}{n}=\frac{\displaystyle\sum_{i=1}^{n}x_i}{n} \tag{2-1}$$

2. 几何平均值

几何平均值是将一组 n 个测量值连乘并开 n 次方求得的平均值。即

$$\overline{x}_n=\sqrt[n]{x_1 x_2 \cdots x_n} \tag{2-2}$$

3. 均方根平均值

$$\overline{x}_{均}=\sqrt{\frac{x_1^2+x_2^2+\cdots+x_n^2}{n}}=\sqrt{\frac{\displaystyle\sum_{i=1}^{n}x_i^2}{n}} \tag{2-3}$$

4. 对数平均值

在化学反应、热量传递和质量传递中，其分布曲线多具有对数的特性，在这种情况下表征平均值常用对数平均值。

设两个量 x_1、x_2，其对数平均值

$$\overline{x}_{对} = \frac{x_1 - x_2}{\ln x_1 - \ln x_2} = \frac{x_1 - x_2}{\ln \dfrac{x_1}{x_2}} \tag{2-4}$$

应指出，变量的对数平均值总小于算术平均值。当 $x_1/x_2 \leqslant 2$ 时，可以用算术平均值代替对数平均值。当 $x_1/x_2 = 2$，$\overline{x}_{对} = 1.443$，$\overline{x} = 1.50$，$(\overline{x}_{对} - \overline{x})/\overline{x}_{对} = 4.2\%$，即 $x_1/x_2 \leqslant 2$，引起的误差不超过 4.2%。

以上介绍各平均值的目的是要从一组测定值中找出最接近真值的那个值。在化工实验和科学研究中，数据的分布较多属于正态分布，所以通常采用算术平均值。

二、误差的分类

根据误差的性质和产生的原因，一般分为三类。

1. 系统误差

系统误差是指在测量和实验中未发觉或未确认的因素所引起的误差，而这些因素影响结果永远朝一个方向偏移，其大小及符号在同一组实验测定中完全相同，当实验条件一经确定，系统误差就获得一个客观上的恒定值。当改变实验条件时，就能发现系统误差的变化规律。

系统误差产生的原因：测量仪器不良，如刻度不准，仪表零点未校正或标准表本身存在偏差等；周围环境的改变，如温度、压力、湿度等偏离校准值；实验人员的习惯和偏向，如读数偏高或偏低等引起的误差。针对仪器的缺点、外界条件变化影响的大小、个人的偏向，待分别加以校正后，系统误差是可以清除的。

2. 偶然误差

在已消除系统误差的一切量值的观测中，所测数据仍在末一位或末两位数字上有差别，而且它们的绝对值和符号的变化，时而大时而小，时正时负，没有确定的规律，这类误差称为偶然误差或随机误差。偶然误差产生的原因不明，因而无法控制和补偿。但是，倘若对某一量值作足够多次的等精度测量后，就会发现偶然误差完全服从统计规律，误差的大小或正负的出现完全由概率决定。因此，随着测量次数的增加，随机误差的算术平均值趋近于零，所以多次测量结果的算数平均值将更接近于真值。

3. 过失误差

过失误差是一种显然与事实不符的误差，它往往是由于实验人员粗心大意、过度疲劳和操作不正确等原因引起的。此类误差无规则可寻，只要加强责任感、多方警惕、细心操作，过失误差是可以避免的。

三、精密度、准确度和精确度

反映测量结果与真实值接近程度的量，称为精度（亦称精确度）。它与误差大小相对应，测量的精度越高，其测量误差就越小。"精度"应包括精密度和准确度两层含义。

1. 精密度

测量中所测得数值重现性的程度，称为精密度。它反映偶然误差的影响程度，精密度高就表示偶然误差小。

2. 准确度

测量值与真值的偏移程度，称为准确度。它反映系统误差的影响程度，准确度高就表示系统误差小。

3. 精确度（精度）

它反映测量中所有系统误差和偶然误差综合的影响程度。

在一组测量中，精密度高的准确度不一定高，准确度高的精密度也不一定高，但精确度高，则精密度和准确度都高。

为了说明精密度与准确度的区别，可用下述打靶例子来说明。如图 2-1 所示。

图 2-1(a) 中表示精密度和准确度都很好，则精确度高；图 2-1(b) 表示精密度很好，但准确度却不高；图 2-1(c) 表示精密度与准确度都不好。在实际测量中没有像靶心那样明确的真值，而是设法去测定这个未知的真值。

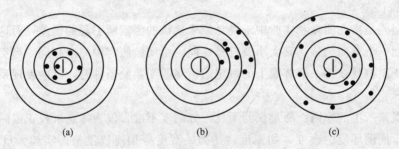

图 2-1　精密度和准确度的关系

学生在实验过程中，往往满足于实验数据的重现性，而忽略了数据测量值的准确程度。绝对真值是不可知的，人们只能定出一些国际标准作为测量仪表准确性的参考标准。随着人类认识运动的推移和发展，可以逐步逼近绝对真值。

四、测量仪表精确度

测量仪表的精确等级是用最大引用误差（又称允许误差）来标明的。它等于仪表示值中的最大绝对误差与仪表的量程范围之比的百分数。

$$\delta_{\max} = \frac{最大示值绝对误差}{量程范围} \times 100\% = \frac{d_{\max}}{X_n} \times 100\% \qquad (2-5)$$

式中　$\delta_{\max}$——仪表的最大测量引用误差；

　　　$d_{\max}$——仪表示值的最大绝对误差；

　　　X_n——标尺上限值－标尺下限值。

通常情况下是用标准仪表校验较低级的仪表。所以，最大示值绝对误差就是被校表与标准表之间的最大绝对误差。

测量仪表的精度等级是国家统一规定的，把允许误差中的百分号去掉，剩下的数字就称为仪表的精度等级。仪表的精度等级常以圆圈内的数字标明在仪表的面板上。例如某台压力计的允许误差为 1.5%，这台压力计电工仪表的精度等级就是 1.5，通常简称 1.5 级仪表。

仪表的精度等级为 a，它表明仪表在正常工作条件下，其最大引用误差的绝对值 δ_{max} 不能超过的界限，即

$$\delta_{max} = \frac{d_{max}}{X_n} \times 100\% \leqslant a\% \tag{2-6}$$

由式(2-6)可知，在应用仪表进行测量时所能产生的最大绝对误差（简称误差限）为

$$d_{max} \leqslant a\% X_n \tag{2-7}$$

而用仪表测量的最大值相对误差为

$$\delta_{max} = \frac{d_{max}}{X_n} \leqslant a\% \frac{X_n}{X} \tag{2-8}$$

由上式可以看出，用指示仪表测量某一被测量所能产生的最大示值相对误差，不会超过仪表允许误差 $a\%$ 乘以仪表测量上限 X_n 与测量值 X 的比。在实际测量中为可靠起见，可用下式对仪表的测量误差进行估计，即

$$\delta_m = a\% \frac{X_n}{X} \tag{2-9}$$

【例2-1】 用量限为 5A，精度为 0.5 级的电流表，分别测量两个电流，$I_1 = 5A$，$I_2 = 2.5A$，试求测量 I_1 和 I_2 的相对误差为多少？

$$\delta_{m1} = a\% \times \frac{I_n}{I_1} = 0.5\% \times \frac{5}{5} = 0.5\%$$

$$\delta_{m2} = a\% \times \frac{I_n}{I_2} = 0.5\% \times \frac{5}{2.5} = 1.0\%$$

由此可见，当仪表的精度等级选定时，所选仪表的测量上限越接近被测量的值，则测量的误差的绝对值越小。

【例2-2】 欲测量约 90V 的电压，实验室现有 0.5 级 0~300V 和 1.0 级 0~100V 的电压表。问选用哪一种电压表进行测量为好？

用 0.5 级 0~300V 的电压表测量 90V 的相对误差为

$$\delta_{m0.5} = a_1\% \times \frac{U_n}{U} = 0.5\% \times \frac{300}{90} = 1.7\%$$

用 1.0 级 0~100V 的电压表测量 90V 的相对误差为

$$\delta_{m1.0} = a_2\% \times \frac{U_n}{U} = 1.0\% \times \frac{100}{90} = 1.1\%$$

上例说明，如果选择得当，用量程范围适当的 1.0 级仪表进行测量，能得到比用量程范围大的 0.5 级仪表更准确的结果。因此，在选用仪表时，应根据被测量值的大小，在满足被测量数值范围的前提下，尽可能选择量程小的仪表，并使测量值大于所选仪表满刻度的 2/3，即 $X > 2X_n/3$。这样就可以达到满足测量误差要求，又可以选择精度等级较低的测量仪表，从而降低仪表的成本。

任务二 有效数字及其运算

在科学与工程中，该用几位有效数字来表示测量或计算结果，总是以一定位数的数字

来表示。不是说一个数值中小数点后面位数越多越准确。实验中从测量仪表上所读数值的位数是有限的，而取决于测量仪表的精度，其最后一位数字往往是仪表精度所决定的估计数字。即一般应读到测量仪表最小刻度的十分之一位。数值准确度大小由有效数字位数来决定。

一、有效数字

一个数据，其中除了起定位作用的"0"外，其他数都是有效数字。如 0.0037 只有两位有效数字，而 370.0 则有四位有效数字。一般要求测试数据有效数字为 4 位。要注意有效数字不一定都是可靠数字。如测流体阻力所用的 U 形管压差计，最小刻度是 1mm，但可以读到 0.1mm，如 342.4mmHg。又如二等标准温度计最小刻度为 0.1℃，可以读到 0.01℃，如 15.16℃。此时有效数字为 4 位，而可靠数字只有三位，最后一位是不可靠的，称为可疑数字。记录测量数值时只保留一位可疑数字。

为了清楚地表示数值的精度，明确读出有效数字位数，常用指数的形式表示，即写成一个小数与相应 10 的整数幂的乘积。这种以 10 的整数幂来计数的方法称为科学计数法。如

75200：有效数字为 4 位时，记为 7.520×10^5

有效数字为 3 位时，记为 7.52×10^5

有效数字为 2 位时，记为 7.5×10^5

0.00478：有效数字为 4 位时，记为 4.780×10^{-3}

有效数字为 3 位时，记为 4.78×10^{-3}

有效数字为 2 位时，记为 4.8×10^{-3}

二、有效数字运算规则

① 记录测量数值时，只保留一位可疑数字。

② 当有效数字位数确定后，其余数字一律舍弃。

舍弃办法是四舍六入，即末位有效数字后边第一位小于 5，则舍弃不计；大于 5 则在前一位数上增 1；等于 5 时，前一位为奇数，则进 1 为偶数，前一位为偶数，则舍弃不计。这种舍入原则可简述为："小则舍，大则入，正好等于奇变偶"。如保留 4 位有效数字

$$3.71729 \rightarrow 3.717$$
$$5.14285 \rightarrow 5.143$$
$$7.62356 \rightarrow 7.624$$
$$9.37656 \rightarrow 9.376$$

③ 在加减计算中，各数所保留的位数，应与各数中小数点后位数最少的相同。例如将 24.65、0.0082、1.632 三个数字相加时，应写为 24.65＋0.01＋1.63＝26.29。

④ 在乘除运算中，各数所保留的位数，以各数中有效数字位数最少的那个数为准；其结果的有效数字位数亦应与原来各数中有效数字最少的那个数相同。例如，$0.0121 \times 25.64 \times 1.05782$ 应写成 $0.0121 \times 25.6 \times 1.06 = 0.328$。上例说明，虽然这三个数的乘积为 0.3281823，但只应取其积为 0.328。

⑤ 在对数计算中，所取对数位数应与真数有效数字位数相同。

项目三　化工基本物理量的测量仪表及使用

在化工、轻工、制药和炼油等工业生产和实训研究中，经常测量的量有温度、压力、流量等。用来测量这些参数的仪表称为化工测量仪表。不论是选用、购买或自行设计，要做到使用合理，必须对测量仪表有一个初步的了解。它们的准确度如何对实训结果影响最大，而且仪表的选用必须符合工作的需要，选用或设计合理，既可节省投资，还能获得满意的结果。本章对温度、压力和流量测量时所用的仪表的原理、特性及安装应用，做一简要的介绍。

任务一　压力测量仪表及使用

在化工生产和实训中，经常遇到液体静压强的测量问题，例如考察液体流动阻力，用节流式流量计测量流量、化工过程的操作压力或真空度等。流体压强测量可分为流体静压测量和流体总压测量，前者可采用在管道或设备壁面上开孔测压的方法，也可以将静压管插入流体中，并使管子轴线与来流方向垂直，即测压管端面与来流方向平行的方向测压（例如伯努利方程实训中静压头 $H_{静}$ 的测量）；后者可用总压管（亦称 p_{itot}）的办法。本书着重讨论如何正确测量流体的静压。

一、测压仪表的种类

常用的测量压力的仪表很多，按其工作原理大致可分为四大类：液柱式压力计、弹簧式压力计、电气式压力计和活塞式压力计。

1. 液柱式压力计

液柱式压力计是基于流体静力学原理设计的。其结构比较简单，精度较高。既可用于测量流体的压强，也可用于测量流体的压差。它是根据流体静力学原理，把被测压力转换成液柱高度。利用这种方法测量压力的仪表有 U 形管压差计、倒 U 形压差计、单管压差计和斜管压差计等。

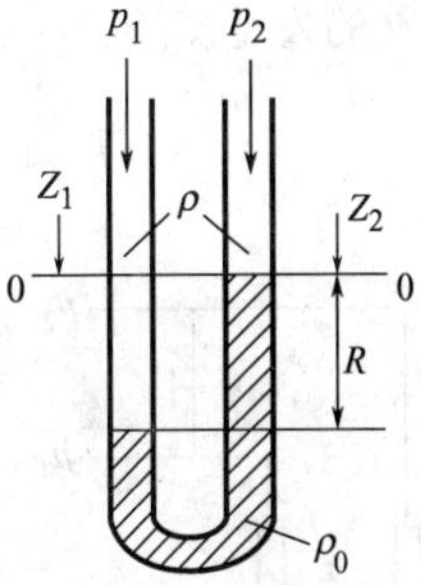

（1）U 形管压差计　U 形管压差计的结构如图 3-1 所示，它用一根粗细均匀的玻璃管弯制而成，也可用二根粗细相同的玻璃管做成连通器形式。内装有液体作为指示液，U 形管压差计两端连接两个测压点，当 U 形管

图 3-1　U 形管压差计

两边压强不同时，两边液面便会产生高度差 R，根据流体静压力学基本方程可知：

$$p_1 + Z_1 \rho g + R \rho g = p_2 + Z_2 \rho g + R \rho_0 g \tag{3-1}$$

当被测管段水平放置时（$Z_1 = Z_2$），上式简化为

$$\Delta p = p_1 - p_2 = (\rho_0 - \rho) R g \tag{3-2}$$

式中　ρ_0——U 形管内指示液的密度，kg/m^3；

ρ——管路中流体密度，kg/m^3；

R——U 形管指示液两边液面差，m。

U 形管压差计常用的指示液为汞和水。当被测压差很小，且流体为水时，还可用氯苯（$\rho_{25℃}=1106kg/m^3$）和四氯化碳（$\rho_{25℃}=1584kg/m^3$）作指示液。

记录 U 形管读数时，正确方法应该是：同时指明指示液和待测流体名称。例如待测流体为水，指示液为汞，液柱高度为 50mm 时，Δp 的读数应为：

$$\Delta p=50mmHg-50mmH_2O$$

若 U 形管一端与设备或管道连接，另一端与大气相通，这时读数所反映的是管道中某截面处流体的绝对压强与大气压之差，即为表压强。

因为 $\rho_{H_2O}\gg\rho_{air}$，所以

$$p_{表}=(\rho_{H_2O}-\rho_{air})gh=\rho_{H_2O}gh \tag{3-3}$$

① 使用 U 形管压差计时，要注意每一具体条件下液柱高度读数的合理下限。

若被测压差稳定，根据刻度读数一次所产生的绝对误差为 0.75mm，读取一个液柱高度值的最大绝对误差为 1.5mm。如要求测量的相对误差≤3%，则液柱高度读数的合理下限为 1.5/0.03＝50mm。

若被测压差波动很大，一次读数的绝对误差将增大，假定为 1.5mm，读取一次液柱高度值的最大绝对误差为 3mm，测量的相对误差≤3%，则液柱高度读数的合理下限为 3/0.03＝100mm，当实测压差的液柱减小至 30mm 时，则相对误差增大至 3/30＝10%。

② 跑汞问题。汞的密度很大，作为 U 形管指示液是很理想的，但容易跑汞，污染环境。防止跑汞的主要措施如下。

设置平衡阀（如图 3-2 所示），在每次开动泵或风机之前让它处于全开状态。读取读数时，才将它关闭。或在 U 形管两边上端设有球状缓冲室（如图 3-3 所示），当压差过大或出现操作故障时，管内的水银可全部聚集于缓冲室中，使水从水银液中穿过，避免跑汞现象的发生。

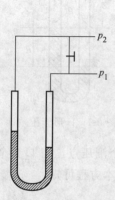

图 3-2　平衡阀压差计

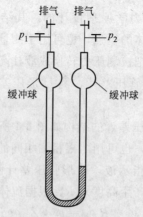

图 3-3　缓冲球压差计

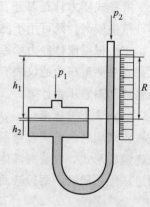

图 3-4　单管压差计

③ 把 U 形管和导压管的所有接头捆牢。当 U 形管测量动系流两点间压力差较系统内

的绝对压力很大时，U形管或导压管上若有接头突然脱开，则在系统内部与大气之间的强大压差下，会发生跑汞。当连接管接头为橡胶管时，因橡胶管易老化破裂，所以要及时更换，否则也会造成跑汞现象。

（2）单管压差计　单管压差计是U形管压差计的变形，用一只杯形代替U形管压差计中的一根管子，如图3-4所示。由于杯的截面 $S_{杯}$ 远大于玻璃管的截面 $S_{玻}$（一般情况下 $S_{杯}/S_{玻} \geqslant 200$），所以其两端有压强差时，根据等体积原理，细管一边的液柱升高值 h_1 远大于杯内液面下降值 h_2，即 $h_1 \gg h_2$，这样 h_2 可忽略不计，在读数时只需读一边液柱高度，误差比U形管压差计减少一半。

（3）倾斜式压差计　倾斜式压差计是将U形管压差计或单管压差计的玻璃管与水平方向作 α 角度的倾斜。它使读数放大了 $1/\sin\alpha$ 倍，即使 $R'=R/\sin\alpha$。如图3-5所示。

Y-61型倾斜微压计是根据此原理设计制造的。其结构如图3-6所示。微压计用相对密度为0.81的酒精作指示液，不同倾斜角的正弦值以相应的0.2、0.3、0.4和0.5数值，标刻在微压计的弧形支架上，以供使用时选择。

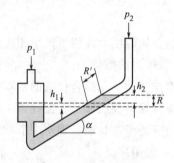
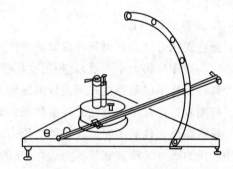

图3-5　倾斜式压差计　　　　　　　图3-6　Y-61型倾斜微压计

（4）倒U形管压差计　倒U形管压差计的结构如图3-7所示，这种压差计的特点是：以空气为指示液，适用于较小压差的测量。

使用时也要排气，操作原理同U形管压差计相同，在排气时3、4两个旋塞全开。排气完毕后，调整倒U形管内的水位，如果水位过高，关3、4旋塞。可打开上旋塞5，以及下部旋塞；如果水位过低，关闭1、2旋塞，打开顶部旋塞5及3或4旋塞，使部分空气排出，直至水位合适为止。

（5）双液微差计　这种压差计是用于测量微小压差，如图3-8所示。它一般用于测量气体压差的场合，其特点是U形管中装有A、C两种密度相近的指示液，且U形管两臂上设有一个截面积远大于管截面积的"扩大室"。由静力学基本方程得：

$$\Delta p = p_1 - p_2 = R(\rho_A - \rho_C)g \tag{3-4}$$

当 Δp 很小时，为了扩大读数 R，减小相对读数误差，可减小 $\rho_A - \rho_C$ 来实现，所以对两指示液的要求是尽可能使两者密度相近，且有清晰的分界面，工业上常用石蜡油和工业酒精，实训中常用的有氯苯、四氯化碳、苯甲基醇和氯化钙溶液等，其中氯化钙溶液的密度可以用不同的浓度来调节。

当玻璃管径较小时，指示液易与玻璃管发生毛细现象，所以液柱式压力计应选用内径不小于5mm（最好大于8mm）的玻璃管，以减小毛细现象带来的误差。因为玻璃管的耐

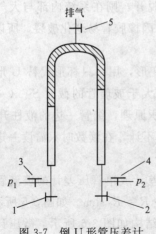

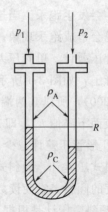

图 3-7 倒 U 形管压差计　　　　　　　　图 3-8　双液微差计

压能力低，过长易破碎，所以液柱式压力计一般仅用于 1×10^5 Pa 以下的正压或负压（或压差）的场合。

2. 弹性式压力计

弹性式压力计是利用各种形式的弹性元件，在被测介质的压力作用下产生相应的弹性变形（一般用位移大小表示），根据变形程度来测出被测压力的数值。

弹性元件不仅是弹性式压力计的感测元件，也常用作气动单元组合仪表的基本组成元件，应用较广，常用的弹性元件有单圈弹簧管、多圈弹簧管、波纹膜片、波纹管。

根据弹性元件的不同形式，弹性压力计可以分为相应类型。目前实训室中最常见的是弹簧管压力表（又称波登管压力表）。它的测量范围宽，应用广泛。

弹簧管压差计其结构如图 3-9 所示。其测量元件是一根弯成 270°圆弧的椭圆截面的空心金属管，其自由端封闭，另一端与测压点相接。当通入压力后，由于椭圆形截面在压力作用下趋向圆形，弹簧管随之产生向外挺直的扩张变形——产生位移，此位移量由封闭着的一端带动机械传动装置，使指针显示相应的压力值。该压力计用于测量正压，称为压力表。测量负压时，称为真空表。

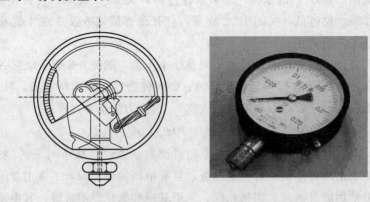

图 3-9　弹簧管压差计及实物

在选用弹簧管压差计时，应注意工作介质的物性和量程。操作压力较稳定时，操作指示值应选在其量程的 2/3 处。若操作压力经常波动，应在其量程的 1/2 处。同时还应注意

20

其精度，在表盘下方小圆圈中的数字代表该表的精度等级。对于一般指示常使用 2.5 级、1.5 级、1 级，对于测量精度要求较高时，可用 0.4 级以上的表。

3. 电气式压力计

电气式压力计一般是将压力的变化转换成电阻、电感或电势等电量的变化，从而实现压力的间接测量。这种压力计反应较迅速，易于远距离传送，在测量压力快速变化、脉动压力、高真空、超高压的场合下较合适。下面介绍膜片压差计。

膜片压差计测压弹性元件是平面膜片或柱状的波纹管，受压力后引起变形和位移，经转换变成电信号远传指示，从而实施压强或压差的测量。图 3-10 所示为 CMD 型电子膜片压差计。当流体的压强传递到紧压于法兰盘间的弹性膜时，膜受压，其中部向左（右）移动，此项位移带动差动变压器线圈内的铁芯移动，通过电磁感应将膜片的行程转换为电信号，再通过电路用动圈式毫伏计显示出来。为了避免压差太大或操作失误时损坏膜片，装有保护挡板 2，当一侧压差太大时，保护挡板压紧在该侧橡皮片上，从而关闭膜片与高压的通道，使膜片不致超压。

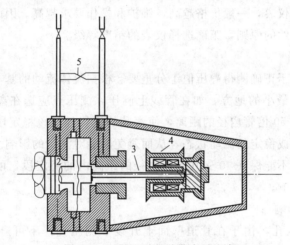

图 3-10 CMD 型电子膜片压差计

1—膜片；2—保护挡板；3—铁芯；4—差动变压器线圈；5—平衡阀

这种压差计可代替 U 形水银管，消除水银污染，信号又可远传，但精确度比 U 形管差。

4. 活塞式压力计

它是根据水压机液体传递压力的原理，将被测量压力换成活塞面积上所加平衡砝码的重量，它普遍地被作为标准仪器用来对弹簧管压力表进行校验和刻度。

二、流体压力测量中的技术要点

1. 压力计的正确选用

（1）仪表类型的选用 仪表类型的选用必须满足工艺生产或实训研究的要求，如是否需要远传变送、报警或自动记录等，被测介质的物理化学性质和状态（如黏度大小、温度高低、腐蚀性、清洁程度等）是否对测量仪表提出特殊要求，周围环境条件（诸如温度、湿度、振动等）对仪表类型是否有特殊要求等，总之，正确选用仪表类型是保证安全生产及仪表正常工作的重要前提。

（2）仪表的量程范围应符合工艺生产和实训操作的要求　仪表的量程范围是指仪表刻度的下限值到上限值，它应根据操作中所需测量的参数大小来确定。测量压力时，为了避免压力计超负荷而破坏，压力计的上限值应该高于实际操作中可能的最大压力值。对于弹性式压力计，在被测压力比较稳定的情况下，其上限值应为被测最大压力的 4/3 倍，在测量波动较大的压力时，其上限值应为被测最大压力的 3/2 倍。

此外，为了保证测量值的准确度，所测压力值不能接近仪表的下限值，一般被测压力的最小值应不低于仪表全量程的 1/3 为宜。

根据所测参数大小计算出仪表的上下限后，还不能以此值作为选用仪表的极限值，因为仪表标尺的极限值不是任意取的，它是由国家主管部门用标准规定的。因此，选用仪表标尺的极限值时，要按照相应的标准中的数值选用（一般在相应的产品目录或工艺手册中可查到）。

（3）仪表精度级的选取　仪表精度级是由工艺生产或实训研究所允许的最大误差来确定的。一般地说，仪表越精密，测量结果越精确、可靠。但不能认为选用的仪表精度越高越好，因为越精密的仪表，一般价格越高，维护和操作要求越高。因此，应在满足操作的要求前提下，本着节约的原则，正确选择仪表的精度等级。

2. 测压点的选择

测压点的选择对于正确测得静压值十分重要。根据流体流动的基本原理可知，其应被选在受流体流动干扰最小的地方。如在管线上测压，测压点应选在离流体上游的管线弯头、其他障碍物 40～50 倍管内径的距离，使紊乱的流线经过该稳定段后在近壁面处的流线与管壁面平行，形成稳定的流动状态，从而避免动能对测量的影响。根据流动边界层理论，倘若条件所限，不能保证 40～50 倍管内径的距离内的稳定段，可设置整流板或整流管，以清除动能的影响。

3. 测压孔口的影响

测压孔又称取压孔，由于在管道壁面上开设了测压孔，不可避免地扰乱了它所在处流体流动的情况，流体流线会向孔内弯曲，并在孔内引起旋涡，这样从测压孔引出的静压强和流体真实的静压强存在误差，此误差与孔附近的流动状态有关，也与孔的尺寸、几何形状、孔轴方向、深度等因素有关。从理论上讲，测压孔径越小越好，但孔口太小使加工困难，且易被脏物堵塞，另外还使测压的动态性能差。一般孔径为 0.5～1mm，孔深 h：孔径 $d \geqslant 3$，孔的轴线要求垂直壁面，孔周围处的管内壁面要光滑，不应有凸凹或毛刺。

4. 正确安装和使用压力计

① 被测流体为液体

a. 为防止气体和固体颗粒进入导压管，水平或倾斜管道中取压口安装在管道下半平面，且与垂线的夹角成 45°。

b. 若测量系统两点的压力差时，应尽量将压差计装在取压口下方，使取压口至压差计之间的导压管方向都向下，这样气体就较难进入导压管。如测量压差（仪表不得不装在取压口上方），则从取压口引出的导压管应先下敷设 1000mm，然后向下通往压差测量仪表，其目的是形成 1000mm 的液封，阻止气体进入导压管。

c. 实训时，首先将导压管内的原有空气排除干净，为了便于排气，应在每根导气管与测量仪表的连接处安装一个放气阀，利用取压点处的正压，用液体将导管内气体排出，导压管的敷设宜垂直地面或与地面成不小于 1∶10 的倾斜度，若导压管在两端点间有最高点，则应在最高点处装设集气罐。

② 被测流体为气体时，为防止液体和固体粉尘进入导压管，宜将测量仪表装在取压口上方。如必须装在下方，应在导压管路最低点处装设沉降器和排污阀，以便排出液体和粉尘，在水平或倾斜管中，气体取压口应安装在管道上半平面，与垂线夹角≤45°。

③ 当介质为蒸汽时，以靠近取压点处冷凝器内凝液液面为界，将导压管系统分为两部分：取压点至凝液液面为第一部分，内含蒸汽，要求保温良好；凝液液面至测量仪表为第二部分，内含冷凝液，避免高温蒸汽与测压元件直接接触。引压管一般做成如图 3-11 所示的形式，该形式广泛应用于弹簧管压力计，以保障压力计的精度和使用寿命。除此之外，为了减少蒸汽中凝液滴的影响，常在引压管前设置一个截面积较大的凝液收集器。对测量高黏度、有腐蚀性、易冻结、易析出固体的被测流体时，常采用玻璃器和隔离液，如图 3-12 所示。正负两隔离器内的两液体界面的高度应相等，且保持不变。因此隔离器应具有足够大的容积和水平截面积，隔离液除与被测介质不互溶之外，还应与之不起化学反应，且冰点足够低，能满足具体问题的实际需要。

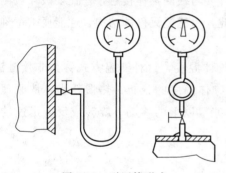

图 3-11 引压管形式

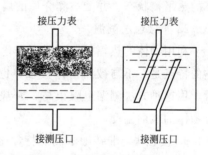

图 3-12 玻璃器和隔离液

④ 全部导压管应密封良好，无渗漏现象，有时会因小小的渗漏造成很大的测量误差，因此安装导压管后应做一次耐压试验，试验压力为操作压力的 1.5 倍，气密性试验为 400mmHg。

⑤ 在测压点处要装切断阀门，以便于压力计和引压导管的检修。对于精度级较高的或量程较小的测量仪表，切断阀门可防止压力的突然冲击或过载。

⑥ 引压导管不宜过长，以减少压力指示的迟缓。如超过 50m，应选用其他远距离传示的测量仪表。

⑦ 在安装液柱式压力计时，要注意安装的垂直度，读数时视线与分界面之弯月面相切。

⑧ 安装地点应力求避免振动和高温的影响，弹性压力计在高温情况下，其指示值将偏高，因此一般应在低于 50℃ 的环境下工作，或利用必要的防高温防热措施。

⑨ 在测量液体流动管道上下游两点间压差时，若气体混入，形成气液两相流，其测量结果不可取。因为单相流动阻力与气液两相流动阻力的数值及规律性差别很大。例如在

离心泵吸入口处是负压，文丘里管等节流式流量计的节流孔处可能是负压，管内液体从高处向低处常压贮槽流动时，高段压强是负压，这些部位有空气漏入时，对测量结果影响很大。

⑩ 对于多取压点的测量系统，操作时应避免旁路流动，使测量结果准确可靠。测量压差 Δp 时，若压差较小，可利用水倒 U 形管；压差较大，则利用汞 U 形管。

任务二 温度的测量仪表及使用

一、常用的测温方法

温度测量的方法根据温度传感器的使用方式，通常分为接触法测温与非接触法测温两类。

1. 接触法测温

由热平衡原理可知，两个物体接触后，经过足够长的时间达到热平衡，它们的温度必然相等。如果其中之一为温度计，就可以用它对另一个物体实现温度测量，这种测温方式称为接触法。其特点是，温度计要与被测物体有良好的热接触，使两者达到热平衡。因此，测温准确度较高。用接触法测温时，感温元件要与被测物体接触，往往要破坏被测物体的热平衡状态，并受被测介质的腐蚀作用。因此，对感温元件的结构、性能要求苛刻。

2. 非接触法测温

利用物体的热辐射能随温度变化的原理测定物体温度，这种测温方式称为非接触法。它的特点是：不与被测物体接触，也不改变被测物体温度的分布，热惯性小。从原理上看，用这种方法测温上限很高。通常用来测定 1000℃ 以上的移动、旋转或反应迅速的高温物体的表面温度。

3. 接触法与非接触法测温特性比较

接触法与非接触法测温特性比较详见表 3-1。

表 3-1 接触法与非接触法测温特性比较

项　　目	接触法测温	非接触法测温
特点	测量热容量小的物体有困难；测量移动物体有困难；可测量任何部位的温度；便于多点集中测量和自动控制	不改变被测介质温场，可测量移动物件的温度，通常测量表面温度
测量条件	测温元件要与被测对象很好接触；接触测温元件不要使被测对象的温度发生变化	由被测对象发出的辐射能充分照射到检测元件；被测对象的有效发射率要准确知道，或者具有重现的可能性
测量范围	容易测量 1000℃ 以下的温度，测量 1200℃ 以上的温度有困难	测量 1000℃ 以上的温度较准确，测量 1000℃ 以下的温度误差大
准确度	通常为 0.5% ~ 1%，依据测量条件可达 0.01%	通常为 20℃ 左右，条件好的可达 5~10℃
响应速度	通常较慢，约 1~3min	通常较快，约 2~3s，即使迟缓的也在 10s 内

二、温度计的种类及特性

按测温原理的不同，温度计大致有以下几种方式，各种温度计的比较见表 3-2 所示。

表 3-2 各种温度计的比较

形式	工作原理	种类	使用温度范围/℃	优点	缺点
接触式	热膨胀	玻璃管温度计	−80~500	结构简单,使用方便,测量准确,价格低廉	测量上限和精度受玻璃质量限制,易碎,不能记录和远传
		双金属温度计	−80~500	结构简单,机械强度大,价格低廉	精度低,量程和使用范围有限制
		压力式温度计	−100~500	结构简单,不怕震动,具有防爆性,价格低	精度低,测温距离较远时,仪表的滞后现象较严重
	热电阻	铂、铜电阻温度计	−200~600	测温精度高,便于远距离、仪器测量和自动控制	不能测量高温,由于体积大,测量点温度较困难
		半导体温度计	−50~300		
	热电阻	铜-康铜温度计	−100~300	测温范围广,精度高,便于远距离、集中测量和自动控制	需要进行冷端补偿,在低温段测量时精度低
		铂-铂铑温度计	200~1800		
非接触式	辐射	辐射式高温计	100~2000	感温元件不破坏被测物体的温度场,测温范围广	只能测高温,低温段测量不准,环境条件会影响测量准确度

1. 玻璃管温度计

（1）玻璃管温度计种类及特点　实验室用得最多的是水银温度计和有机液体温度计。水银温度计测量范围广、刻度均匀、读数准确,但玻璃管破损后会造成汞污染。有机液体（如乙醇、苯等）温度计着色后读数明显,但由于膨胀系数随温度而变化,故刻度不均匀,读数误差较大。

玻璃管温度计的特点是结构简单、价格便宜、读数方便,而且有较高的精度。

（2）玻璃管温度计的安装和使用

① 玻璃管温度计应安装在没有大的振动,不易受碰撞的设备上。特别是有机液体玻璃温度计,如果振动很大,容易使液柱中断。

② 玻璃管温度计的感温泡中心应处于温度变化最敏感处。

③ 玻璃管温度计要安装在便于读数的场所。不能倒装,也应尽量不要倾斜安装。

④ 为了减少读数误差,应在玻璃管温度计保护管中加入甘油、变压器油等,以排除空气等不良导体。

⑤ 水银温度计读数时按凸面最高点读数;有机液体玻璃温度计则按凹面最低点读数。

⑥ 为了准确地测定温度,用玻璃管温度计测定物体温度时,如果指示液柱不是全部插入欲测的物体中,会使测定值不准确,必要时需进行校正。

（3）玻璃管温度计的校正　玻璃管温度计的校正方法有以下两种。

① 与标准温度计在同一状况下比较　实验室内将被校验的玻璃管温度计与标准温度计插入恒温槽中,待恒温槽的温度稳定后,比较被校验温度计与标准温度计的示值。示值误差的校验应采用升温校验,因为对于有机液体来说它与毛细管壁有附着力,在降温时,液柱下降会有部分液体停留在毛细管壁上,影响读数准确。水银玻璃管温度计在降温时也会因摩擦发生滞后现象。

② 利用纯质相变点进行校正　用水和冰的混合液校正 0℃;用水和水蒸气校正 100℃。

2. 热电偶温度计

（1）热电偶测温原理　热电偶是根据热电效应制成的一种测温元件。它结构简单，坚固耐用，使用方便，精度高，测量范围宽，便于远距离、多点、集中测量和自动控制，是应用很广泛的一种温度计。如果取两根不同材料的金属导线 A 和 B，将其两端焊在一起，这样就组成了一个闭合回路。因为两种不同金属的自由电子密度不同，当两种金属接触时在两种金属的交界处，就会因电子密度不同而产生电子扩散，扩散结果在两金属接触面两侧形成静电场即接触电势差。这种接触电势差仅与两金属的材料和接触点的温度有关，温度愈高，金属中自由电子就越活跃，致使接触处所产生的电场强度增加，接触面电动势也相应增高。由此可制成热电偶测温计。

（2）常用热电偶的特性　几种常用的热电偶的特性数据见表 3-3。使用者可以根据表中列出的数据，选择合适的二次仪表，确定热电偶的使用温度范围。

表 3-3　常用热电偶特性表

热电偶名称	型　号	分度号	100℃的热电势/mV	最高使用温度/℃	
				长期	短期
铂铑 10[①]-铂	WRLB	LB-3	0.643	1300	1600
镍铬-考铜	WREA	EA-2	6.95	600	800
镍铬-镍硅	WRN	EU-2	4.095	900	1200
铜-康铜	WRCK	CK	4.29	200	300

① 10 指含量为 10%。

（3）热电偶的校验

① 对新焊好的热电偶需校对电势-温度是否符合标准，检查有无复制性，或进行单个标定。

② 对所用热电偶定期进行校验，测出校正曲线，以便对高温氧化产生的误差进行校正。

3. 热电阻温度计

热电阻温度计是一种用途极广的测温仪器。它具有测量精度高、性能稳定、灵敏度高、信号可以远距离传送和记录等特点。热电阻温度计包括金属丝电阻温度计和热敏电阻温度计两种。电阻温度计的性质如表 3-4 所示。

表 3-4　电阻温度计的使用温度

种　　类	使用温度范围/℃	温度系数/℃⁻¹	种　　类	使用温度范围/℃	温度系数/℃⁻¹
铂电阻温度计	$-260\sim630$	$+0.0039$	铜电阻温度计	150 以下	$+0.0043$
镍电阻温度计	150 以下	$+0.0062$	热敏电阻温度计	350 以下	$-0.03\sim-0.06$

（1）金属丝电阻温度计　热电阻温度计是利用金属导体的电阻值随温度变化而改变的特性来进行温度测量的。纯金属及多数合金的电阻率随温度升高而增加，即具有正的温度系数。在一定温度范围内，电阻-温度关系是线性的。温度的变化，可导致金属导体电阻的变化。这样，只要测出电阻值的变化，就可达到测量温度的目的。

图 3-13 为金属丝热电阻的作用原理，感温元件 1 是以直径为 0.03～0.07mm 的纯铂丝 2 绕在有锯齿的云母骨架 3 上，再用两根直径约为 0.5～1.4mm 的银导线作为引出线 4

引出，与显示仪表 5 连接。当感温元件上铂丝的温度变化时，感温元件的电阻值随温度而变化，并呈一定的函数关系。将变化的电阻值作为信号输入具有平衡或不平衡电桥回路的显示仪表以及调节器和其他仪表等，即能测量或调节被测量介质的温度。

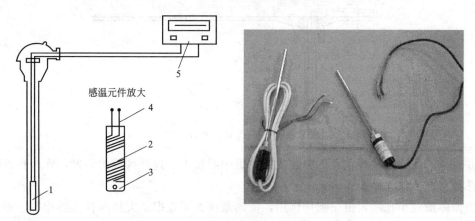

图 3-13　热电阻的作用原理及热电阻实物图
1—感温元件；2—铂丝；3—骨架；4—引出线；5—显示仪表

由于感温元件占有一定的空间，所以不能像热电偶那样，用它来测量"点"的温度，当要求测量任何空间内或表面部分的平均温度时，热电阻用起来非常方便。

金属丝热电阻温度计的缺点是不能测定高温，因流过电流大时，会发生自热现象而影响准确度。

（2）热敏电阻温度计　热敏电阻体是在锰、镍、钴、铁、锌、钛、镁等金属的氧化物中分别加入其他化合物制成的。热敏电阻和金属导体的热电阻不同，它是属于半导体，具有负电阻温度系数，其电阻值是随温度的升高而减小，随温度的降低而增大，虽然温度升高粒子的无规则运动加剧，引起自由电子迁移率略为下降，然而自由电子的数目随温度的升高而增加得更快，所以温度升高其电阻值下降。

任务三　流体流量的测量仪表及使用

测量流量的方法和仪器很多，最简单的流量测量方法是量体积法和称重法。即通过测量流体的总量（体积或质量）和时间间隔，求得流体的平均流量。这种方法不需使用流量测量仪表，但无法测定封闭体系中的流量。目前测量流量的仪表常用的有压差式流量计、转子流量计、涡轮流量计和湿式流量计。

一、压差式流量计

压差式流量计是基于流体经过节流元件（局部阻力）时所产生的压强降实现流量测量。常用的节流元件如孔板、喷嘴、文丘里管等均已标准化。节流元件也可按照实验中的实际需要进行设计。

1. 孔板流量计

（1）孔板流量计原理　孔板流量计是一种应用很广泛的节流式流量计，它利用流体流经孔板前后产生的压力差来实现流量测量。如图 3-14 所示，在管道里插入一片与管轴

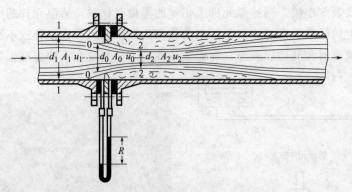

图 3-14　孔板流量计

垂直并带有圆孔的金属板，孔的中心位于管道中心线上，这样构成的装置，称为孔板流量计，孔板称为节流元件。

当流体流过小孔后，由于惯性作用，流动截面并不立即扩大到与管截面相等，而是继续收缩一定距离后才逐渐扩大到整个管截面。流动截面最小处称为缩脉。流体在缩脉处的流速最高，即动能最大，而相应的静压强就最低。因此，当流体以一定的流量流经小孔时，就产生一定的压强差，流量愈大，所产生的压强差也就愈大，根据测量的压强差大小可度量流体流量。

由连续方程式和静力学方程式可推导出用孔板流量计测量流体的体积流量公式为

$$q_V = u_0 A_0 = C_0 A_0 \sqrt{\frac{2Rg(\rho_0 - \rho)}{\rho}} \tag{3-5}$$

式中　C_0——流量系数或孔流系数，无量纲，常用值为 $C_0 = 0.6 \sim 0.7$；

　　　A_0——孔板上小孔的截面积，m^2；

　　　ρ_0——U 形管压差计指示液的密度，kg/m^3；

　　　ρ——工作流体的密度，kg/m^3；

　　　R——U 形管压差计读数，m。

孔板流量计的特点是恒截面、变压差，称为压差式流量计。

（2）安装　安装孔板流量计时，通常要求上游直管长度 $50d$，下游直管长度 $10d$。孔板流量计是一种容易制造的简单装置，当流量有较大变化时，需调整测量条件，可方便地调换孔板。

（3）特点　孔板流量计结构简单，使用方便，可用于高温、高压场合，但流体流经孔板时的能量损耗较大。若不允许能量损耗过大的场合，应采用文丘里流量计。

它的主要缺点是流体经过孔板的能量损失较大，并随 A_0/A_1 的减小而加大。而且孔口边缘容易腐蚀和磨损，所以孔板流量计应定期进行校正。

2. 文丘里流量计　仅仅为了测定流量而引起过多的能耗显然是不合理的，应尽可能设法降低能耗。能耗起因于突然缩小和突然扩大，特别是后者。因此，如设法将测量管段制成如图 3-15 所示的渐缩渐扩管，避免了突然的缩小和突然的扩大，必然可以大大降低阻力损失。这种管称为文丘里管，用于测量流量时，亦称为文丘里流量计（或文氏流量计）。

文丘里流量计上游的测压口（截面 a 处）距离管径开始收缩处的距离至少应为 1/2 管径，下游测压口设在最小流通截面 0 处（称为文氏喉）。由于有渐缩段和渐扩段，流体在其内的流速改变平缓，涡流较少，所以能量损失比孔板大大减少。

文丘里流量计的流量计算式与孔板流量计相类似，即

$$q_V = C_v A_0 \sqrt{\frac{2Rg(\rho_a - \rho_0)}{\rho}} = C_v A_0 \sqrt{\frac{2Rg(\rho_{示} - \rho)}{\rho}} \tag{3-6}$$

式中　C_v——流量系数，无量纲，其值可由实验测定，一般取 $0.98 \sim 1.00$；

　$p_a - p_0$——截面 a 与截面 0 间的压强差，Pa；

　A_0——喉管的截面积，m^2；

　ρ——被测流体的密度，kg/m^3。

　$\rho_{示}$——U 形管压差计指示液的密度，kg/m^3。

文丘里流量计能量损失小，但各部分尺寸要求严格，需要精细加工，所以造价比较高。

3. 测速管

实际生产中，经常需要测量流体的流速，以便对生产过程进行控制。下面介绍以流体机械能守恒原理为基础设计的用来测量流速的装置。

测速管又称皮托管，是测量点速度的装置。如图 3-16 所示，它由两根弯成直角的同心套管组成，外管的管口是封闭的，在外管前端壁面四周开有若干测压小孔，为了减小误差，测速管的前端经常做成半球形以减少涡流。测量时，测速管可以放在管截面的任一位置上，并使其管口正对着管道中流体的流动方向，外管与内管的末端分别与液柱压差计的两臂相连接。

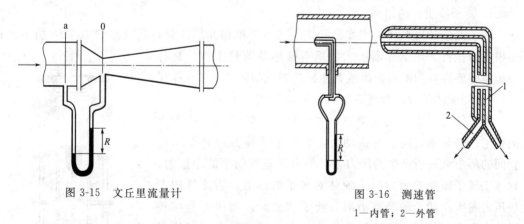

图 3-15　文丘里流量计　　　　　　　　图 3-16　测速管
　　　　　　　　　　　　　　　　　　　　　1—内管；2—外管

如果 U 形管压差计的读数为 R，指示液与工作流体的密度分别为 ρ_0 与 ρ，根据伯努利方程式可推得点速度与压力差的关系为

$$u = C \sqrt{\frac{2\Delta p}{\rho}} = \sqrt{\frac{2Rg(\rho_0 - \rho)}{\rho}} \tag{3-7}$$

式中　C——皮托管校正系数，由实验标定，其值为 $1.98 \sim 1.00$，常可取作"1"；

　ρ_0——U 形管压差计指示液的密度，kg/m^3；

ρ——工作流体的密度，kg/m^3；

R——U 形管压差计读数，m。

若将测速管口放在管中心线上，则测得的流速为 u_{max}，计算出 Re_{max}，由 Re_{max} 借助图 3-17 确定流体在管内的平均流速 u。

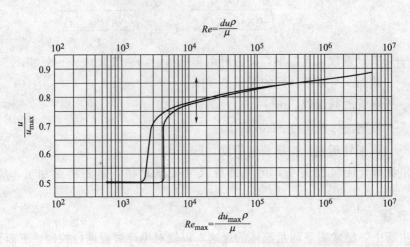

$$Re=\frac{du\rho}{\mu}$$

$$Re_{max}=\frac{du_{max}\rho}{\mu}$$

图 3-17　平均速度 u 与管中心 u_{max} 之比随 R 的变化关系

使用测速管应使管口正对流向；测速管外径不大于管内径的 1/50；测量点应在进口段以后的平稳区。

测速管的优点是流动阻力小，可测定速度分布，适宜大管道中的气速测量。其缺点是不能测平均速度，需配微压差计，工作流体应不含固体颗粒，以防止皮托管上的小孔被堵塞。

二、转子流量计

1. 转子流量计的结构

转子流量计用来测量非浑浊液体、气体等单相介质流量，其构造如图 3-18 所示，在一根截面积自下而上逐渐扩大的垂直锥形玻璃管 1 内，装有一个能够旋转自如的由金属或其他材质制成的转子 2（或称浮子）。被测流体从玻璃管底部进入，从顶部流出。

当流体自下而上流过垂直的锥形管时，转子受到两个力的作用：一是垂直向上的推动力，它等于流体流经转子与锥管间的环形截面所产生的压力差；另一是垂直向下的净重力，它等于转子所受的重力减去流体对转子的浮力。当流量加大使压力差大于转子的净重力时，转子就上升。当压力差与转子的净重力相等时，转子处于平衡状态，即停留在一定位置上。在玻璃管外表面上刻有读数，根据转子的停留位置，即可读出被测流体的流量。

转子流量计是变截面定压差流量计。作用在转子上下游的压力差为定值，而转子的悬浮高度与锥管间环形截面积随流量而变。转子的位置一般是上端平面指示流量的大小，体积流量公式为：

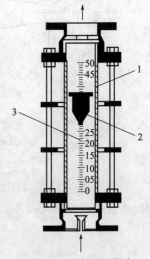

图 3-18　转子流量计

1—锥形玻璃管；

2—转子；3—刻度

$$q_V = C_R A_R \sqrt{\frac{2(\rho_f - \rho)V_f g}{\rho A_f}} \qquad (3\text{-}8)$$

式中　V_f——转子的体积，m^3；

A_f——转子最大部分的截面积，m^2；

ρ_f——转子的密度，kg/m^3；

ρ——被测流体的密度，kg/m^3；

C_R——流量系数；

A_R——转子上端面处环隙面积，m^2。

转子流量计的特点是恒压差、恒环隙流速而变流通面积，属截面式流量计。

2. 转子流量计的安装

① 玻璃转子流量计应垂直安装在无振动的管道，不能使流量计有任何可见的倾斜，否则会造成误差；

② 安装高度应跟人眼平视为准；

③ 应安装于旁路管道，以便于维修；

④ 安装仪表时，切勿大力扭动仪表。

3. 转子流量计的使用

① 使用前应检查仪表示值范围与所需测量的范围是否相符。

② 使用时应缓慢旋开控制阀门，以免突然开启，浮子急剧上升损坏玻璃锥管，如果打开阀之后仍不见浮子升起，则应关闭阀门找原因，待故障排除后再重新开启。

③ 使用过程中如发现浮子卡住，绝不可用任何工具敲出玻璃锥管，可以用晃动管道、拆卸管子的方法。使用过程中如发现玻璃锥管密封处有被测介质溢出，只要拆去前后罩，稍许扳紧压盖螺栓，至不溢即可。如以上方法不奏效则一般是密封填料失效。

④ 使用中，通常浮子指标稳定，如浮子上下窜动较剧烈，可以稍关下游控制阀和稍开上游控制阀来消除。如上述方法不行，则应考虑工艺管道、动力源是否有问题。

⑤ 注意经常保持仪表清洁和外部防锈。

⑥ 使用过程中，若更换浮子材料，改变被测介质的密度时，需要利用公式进行刻度修正。转子流量计的刻度是用20℃的水（密度为$1000kg/m^3$）或20℃和101.3kPa下的空气（密度为$1.2kg/m^3$）进行标定的。当被测流体与上述条件不符时，应进行刻度换算。在同一刻度下，不同条件的流量转化关系为

$$\frac{V_{S2}}{V_{S1}} = \sqrt{\frac{\rho_1(\rho_f - \rho_2)}{\rho_2(\rho_f - \rho_1)}} \qquad (3\text{-}9)$$

式中，下标1表示标定流体的参数，下标2表示实际被测流体的参数。

三、涡轮流量计

1. 涡轮流量变送器的结构和工作原理

涡轮流量计是以动量矩守恒原理为基础设计的流量测量仪表。涡轮流量计由涡轮流量变送器和显示仪表组成。涡轮流量变送器包括涡轮、导流器、磁电感应转换器、外壳及前置放大器等部分，如图3-19所示。

图 3-19　涡轮流量计实物图

涡轮是用高导磁系数的不锈钢材料制成，叶轮芯上装有螺旋形叶片，流体作用于叶片上使之旋转。导流器用以稳定流体的流向和支撑叶轮。磁电感应转换器由线圈和磁铁组成，用以将叶轮的转速转换成相应的电信号。涡轮流量计的外壳由非导磁不锈钢制成，用以固定和保护内部零件，并与流体管道连接。前置放大器用以放大磁电感应转换器输出的微弱电信号，进行远距离传送。

涡轮流量计的工作原理是当流体通过安装有涡轮的管路时，流体的动能冲击涡轮发生旋转，流体的流速愈高，动能越大，涡轮转速也就愈高。在一定的流量范围和流体黏度下，涡轮的转速和流速成正比。当涡轮转动时，涡轮叶片切割置于该变送器壳体上的检测线圈所产生的磁力线，使检测线圈磁电路上的磁阻周期性变化，线圈中的磁通量也跟着发生周期性变化，检测线圈产生脉冲信号，即脉冲数。其值与涡轮的转速成正比，也即与流量成正比。这个电讯号经前置放大器放大后，即送入电子频率仪或涡轮流量积算指示仪，以累积和指示流量。

2. 涡轮流量计的安装和使用

涡轮流量计在安装和使用时应注意以下问题。

① 涡轮流量计出厂时是在水平安装情况下标定的，因此为了保证涡轮流量计的测量精度，涡轮变送器必须水平安装，否则会引起变送器的仪表常数发生变化。

② 因为流场变化时会使流体旋转，改变流体和涡轮叶片的作用角度，此时，即使流量稳定，涡轮的转速也会改变，所以，为了保证变送器性能稳定，除了在其内部设置导流器外，还必须在变送器前后留出一定的直管段，一般入口直管段的长度为 $20D$ 以上，出口直管段的长度为 $15D$ 以上。

③ 为了确保变送器叶轮正常工作，流体必须洁净，切勿使污物、铁屑等进入变送器。因此在使用涡轮流量计时，一般应加装过滤器，网目大小一般为 100 孔/cm^2，以保持被测介质的净洁，减少磨损，并防止涡轮被卡住。

④ 涡轮流量计的一般工作点最好在仪表测量范围上限数值的 50% 以上，保证流量稍有波动时，工作点不至移至特性曲线下限以外的区域。

⑤ 被测流体的流动方向须与变送器所标箭头方向一致。

3. 涡轮流量计的优点

① 测量精度高，其精度可以达到 0.5 级以上，在狭小范围内甚至可达 0.1%，故可作为校验 1.5～2.5 级普通流量计的标准计量仪表。

② 对被测信号变化的反应快，若被测介质为水，涡轮流量计的时间常数一般只有几毫秒到几十毫秒，因此特别适用于对脉动流量的测量。

四、湿式流量计

湿式流量计属于容积式流量计。它主要由圆鼓形壳体、转鼓及传动记数机构所组成，如图 3-20 所示。转鼓是由圆筒及四个弯曲形状的叶片所构成。四个叶片构成四个体积相等的小室。鼓的下半部浸没在水中。充水量由水位器指示。气体从背部中间的进气管处依次进入各室，并相继由顶部排出时，迫使转鼓转动。转动的次数通过齿轮机构由指针或机械计数器计数也可以将转鼓的转动次数转换为电信号作远传显示。

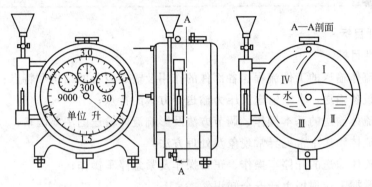

图 3-20　湿式气体流量计

湿式流量计在测量气体体积总量时，其准确度较高，特别是小流量时，它的误差比较小。可直接用于测量气体流量，也可用来作标准仪器检定其他流量计。它是实验室常用的仪表之一。湿式气体流量计每个气室的有效体积是由预先注入流量计的水面控制的，所以在使用时必须检查水面是否达到预定的位置，安装时，仪表必须保持水平。

项目四　化工单元技能训练

任务一　流体输送单元技能训练

一、实训目标

1. 知识性目标

① 了解流体输送的工作流程、各部件的作用及输送设备的结构和特点；

② 了解设备输送、真空输送及压力输送等方式的特点；

③ 掌握流体输送的基本操作、调节方法及影响流体输送的主要因素；

④ 掌握流体输送中常见异常现象及处理方法；

⑤ 掌握流体输送的开停车操作、正常操作及紧急停车操作；

⑥ 了解掌握工业现场生产安全知识。

2. 技能性目标

① 能正确使用设备、仪表，及时进行设备、仪器、仪表的维护与保养；

② 学会做好开车前的准备工作；

③ 能按要求操作调节，进行正常开车及紧急停车操作；

④ 能及时掌握设备的运行，随时发现、判断及处理各种异常现象；

⑤ 能应用计算机对现场数据进行采集、监控；

⑥ 能完成流体流动阻力特性测定；

⑦ 能完成离心泵特性曲线测定；

⑧ 能完成离心泵的汽蚀、气缚操作；

⑨ 能完成离心泵的串、并联操作；

⑩ 能完成流量计校核；

⑪ 能完成螺杆泵输送、旋涡泵输送、真空输送及压力输送等操作；

⑫ 能正确填写生产（实验）记录，及时分析各种数据。

二、实训原理

1. 流体流动阻力特性测定

流体在管内流动时，由于黏性剪应力和涡流的存在，不可避免地要消耗一定的机械能，这种机械能的消耗包括流体流经直管的沿程阻力和因流体运动方向改变所引起的局部阻力。

（1）沿程阻力　流体在水平均匀管道中稳定流动时，阻力损失表现为压力降低。即

$$h_f = \frac{p_1 - p_2}{\rho} = \frac{\Delta p}{\rho} \tag{4-1}$$

影响阻力损失的因素很多，尤其对湍流流体，目前尚不能完全用理论方法求解，必须通过实验研究其规律。为了减少实验工作量，使实验结果具有普遍意义，必须采用量纲分析方法将各变量综合成特征数关联式。根据量纲分析，影响阻力损失的因素有以下几点：

① 流体性质，加密度 ρ、黏度 μ；

② 管路的几何尺寸，加管径 d、管长 l、管壁粗糙度 ε；

③ 流动条件，加流速 u。

以上影响因素可表示为：

$$\Delta p = f(d, l, \mu, \rho, u, \varepsilon) \tag{4-2}$$

组合成如下的无量纲式：

$$\frac{\Delta p}{\rho u^2} = \Phi \left(\frac{du\rho}{\mu}, \frac{l}{d}, \frac{\varepsilon}{d} \right) \tag{4-3}$$

$$\frac{\Delta p}{\rho} = \varphi \left(\frac{du\rho}{\mu}, \frac{\varepsilon}{d} \right) \times \frac{l}{d} \times \frac{u^2}{2} \tag{4-3a}$$

令

$$\lambda = \varphi \left(\frac{du\rho}{\mu}, \frac{\varepsilon}{d} \right) \tag{4-3b}$$

则

$$h_f = \frac{\Delta p}{\rho} = \lambda \frac{l}{d} \frac{u^2}{2} \tag{4-4}$$

式中　Δp——压降，Pa；

h_f——直管阻力损失，J/kg；

ρ——流体密度，kg/m³；

λ——直管摩擦系数，无量纲；

l——直管长度，m；

d——直管内径，m；

u——流体流速，由实验测定，m/s；

λ——称为直管摩擦系数。滞流（层流）时，$\lambda = 64/Re$；湍流时 λ 是雷诺数 Re 和相对粗糙度的函数，需由实验确定。

（2）局部阻力　局部阻力通常有两种表示方法，即当量长度法和阻力系数法。

① 当量长度法　流体流过某管件或阀门时，因局部阻力造成的损失，相当于流体流过与其具有相当管径长度的直管阻力损失，这个直管长度称为当量长度，用符号 l_e 表示。这样，就可以用直管阻力的公式来计算局部阻力损失，而且在管路计算时，可将管路中的直管长度与管件、阀门的当量长度合并在一起计算，如管路中直管长度为各种局部阻力的当量长度之和为 $\sum l_e$，则流体在管路中流动时的总阻力损失 $\sum h_f$ 为

$$\sum h_f = \lambda \frac{\sum l_e}{d} \frac{u^2}{2} \tag{4-5}$$

② 阻力系数法　流体通过某一管件或阀门时的阻力损失用流体在管路的动能系数来

表示，这种计算局部阻力的方法，称为阻力系数法。即

$$h_f = \xi \frac{u^2}{2} \tag{4-6}$$

式中　ξ——局部阻力系数，无量纲；

　　　　u——在小截面管中流体的平均流速，m/s。

由于管件两侧距测压孔间的直管长度很短，引起的摩擦阻力与局部阻力相比，可以忽略不计。因此 h_f 之值可应用伯努利方程由压差计读数求取，阻力测定记录表如表 4-1 所示。

表 4-1　阻力测定记录表

阻力类型	材质	管内径/mm	测试段长度/m	压差/Pa
直管阻力	光滑管（不锈钢食品管）	0.277	1.5	
	粗糙管（镀锌铁管）	0.262	1.5	
局部阻力	闸阀			

2. 离心泵特性曲线测定

离心泵的特性曲线是选择和使用离心泵的重要依据之一，其特性曲线是在恒定转速下泵的扬程 H、轴功率 N 及效率 η 与泵的流量 V 之间的关系曲线，它是流体在泵内流动规律的宏观表现形式。由于泵内部流动情况复杂，不能用数学方法计算这一特性曲线，只能依靠实验测定。

（1）扬程 H 的测定与计算　在泵进、出口取截面列伯努利方程：

$$H = \frac{p_2 - p_1}{\rho g} + Z_2 - Z_1 + \frac{u_2^2 - u_1^2}{2g} \tag{4-7}$$

式中　p_1，p_2——分别为泵进、出口的压强，N/m^2；

　　　　ρ——流体密度，kg/m^3；

　　u_1，u_2——分别为泵进、出口的流量，m/s；

　　　　g——重力加速度，m/s^2。

当泵进、出口管径一样，且压力表和真空表安装在同一高度，上式简化为：

$$H = \frac{p_2 - p_1}{\rho g} \tag{4-8}$$

由上式可知：只要直接读出真空表和压力表上的数值，就可以计算出泵的扬程。

（2）轴功率 $P_{轴}$ 的测量与计算　$P_{轴}$ 指泵轴转动时所需的功率，亦即电机提供的功率，用 $P_{轴}$ 表示，单位 W。由于存在能量损失，轴功率 $P_{轴}$ 必大于有效功率 P_e。

泵的有效功率是指单位时间内液体从泵中叶轮获得的有效能量，用符号 P_e 表示，单位为 W 或 kW。

$$P_{轴} = 0.7 P_{电} \tag{4-9}$$

式中　$P_{轴}$——泵的轴功率，W；

　　　　$P_{电}$——电机功率，W，由功率表读出。

（3）效率 η 的计算　泵的效率 η 是泵的有效功率 P_e 与轴功率 $P_{轴}$ 的比值。有效功率 P_e 是单位时间内流体自泵得到的功，$P_{轴}$ 是单位时间内泵从电机得到的功，两者差异反映了

水力损失、容积损失和机械损失的大小。泵的有效功率 P_e 可用下式计算:

$$P_e = q_V \rho H g \tag{4-10}$$

故

$$\eta = \frac{P_e}{P_{轴}} = \frac{q_V \rho H g}{\eta} \tag{4-11}$$

（4）转速改变时的换算　泵的特性曲线是在指定转速下的数据，就是说在某一特性曲线上的一切实验点，其转速都是相同的。但是，实际上感应电动机在转矩改变时，其转速会有变化，这样随着流量的变化，多个实验点的转速将有所差异，因此在绘制特性曲线之前，须将实测数据换算为平均转速下的数据。换算关系如下:

流量
$$\frac{q_{V1}}{q_{V2}} \approx \frac{n_1}{n_2} \tag{4-12}$$

扬程
$$\frac{H_1}{H_2} \approx \left(\frac{n_1}{n_2}\right)^2 \tag{4-13}$$

轴功率
$$\frac{P_1}{P_2} \approx \left(\frac{n_1}{n_2}\right)^3 \tag{4-14}$$

效率
$$\eta' = \eta \tag{4-15}$$

式中　q_{V1}，H_1，p_1——转速为 n_1 时泵的流量、扬程、轴功率;

q_{V2}，H_2，p_2——转速为 n_2 时泵的流量、扬程、轴功率。

3. 流量计校核

流体通过节流式流量计时在流量计上、下游两取压口之间产生压强差，它与流量有如下关系:

$$V_s = CA_0 \sqrt{\frac{2(p_{上} - p_{下})}{\rho}} \tag{4-16}$$

采用正 U 形管压差计测量压差时，流量 V_s 与压差计读数 R 之间关系有:

$$V_s = CA_0 \sqrt{\frac{2gR(\rho_A - \rho)}{\rho}} \tag{4-17}$$

式中　V_s——被测流体（水）的体积流量，m^3/s;

C——流量系数（或称孔流系数），无量纲;

A_0——流量计最小开孔截面积，m^2，$A_0 = (\pi/4)d_0^2$;

$p_{上} - p_{下}$——流量计上、下游两取压口之间的压差，Pa;

ρ——水的密度，kg/m^3;

ρ_A——U 形管压差计内指示液的密度，kg/m^3;

R——U 形管压差计读数，m。

式(4-17) 也可以写成如下形式:

$$C = \frac{V_s}{A_0 \sqrt{\frac{2gR(\rho_A - \rho)}{\rho}}} \tag{4-17a}$$

若采用倒置 U 形管测量压差：

$$p_上 - p_下 = gR\rho$$

则流量系数 C 与流量的关系为：

$$C = \frac{V_s}{A_0\sqrt{2gR}} \tag{4-18}$$

三、实训装置

1. 装置介绍

实验装置（图 4-1）分为流体输送对象、控制柜、上位机、数据监控采集软件、数据处理软件几部分。流体输送对象包括以下岗位：

① 液体输送岗位（压力输送，双离心泵串/并联及互锁联动、旋涡泵、螺杆浓浆泵输送）；

② 真空泵输送岗位；

③ 阻力测定岗位；

④ 离心泵特性及管路特性测定岗位；

⑤ 压缩气/液混合输送岗位；

⑥ 过程控制液位、流量、压力控制岗位。

图 4-1　流体输送实验装置图

实验装置包括离心泵、原料罐、真空机组、电动调节阀、空压机、涡轮流量计、玻璃转子流量计、压力传感器、霍尔开关、螺杆泵、旋涡泵、离心泵、压力表、差压变送器、现场仪表等。

2. 装置功能

流体输送实训装置功能如表 4-2 所示。

3. 工艺流程

工艺流程图如图 4-2 所示。

表 4-2 实训装置功能

项目	基本理论及专业课程的实验教学
实验教学	1. 离心泵的性能曲线测定； 2. 阻力测定(光滑管、粗糙管、阀门)及管路特性测定； 3. 离心泵吸程高度测定
操作实训	操作实训内容
开车准备	1. 工艺流程图的识读与表述； 2. 熟悉现场装置及主要设备、仪表、阀门的位号、功能、工作原理和使用方法； 3. 按照要求制定操作方案； 4. 检查流程中各设备、管线、阀门是否处于正常开车状态； 5. 引入公用工程(水、电、汽)并确保正常； 6. 装置上电,检查各仪表状态是否正常； 7. 动设备试车
开车	1. 按正确的开车步骤开车,熟悉离心泵的操作； 2. 正确选择流程,进行指定的实验内容
正常操作	1. 测定离心泵的性能曲线； 2. 阻力测定(光滑管、粗糙管、局部)及管路特性测定； 3. 了解几种常用流量计(涡轮流量计、孔板流量计、玻璃转子流量计、高压玻璃转子流量计)的构造、工作原理和主要特点； 4. 熟悉泵送、真空抽送、压送及自流等不同流体输送方式； 5. 离心泵的开停车及流量调节； 6. 真空水力喷射机组的开停车及流量调节； 7. 离心泵的汽蚀、气缚等多种不正常现象的产生及消除,离心泵吸程高度的测量； 8. 管道走向对流体输送的影响； 9. 介质的特性对流体输送的影响； 10. 常用容积泵(旋涡泵)的开停车及流量调节； 11. 浓浆螺杆泵的开停车及流量调节； 12. 离心泵输送流量、压力的自动控制,贮罐液位的控制
停车	1. 按正常的停车步骤停车； 2. 检查停车后各设备、阀门的状态,确认后做好记录
事故处理	1. 会观察、处理离心泵的汽蚀现象； 2. 会观察、处理离心泵的气缚现象； 3. 会按照要求选择、连接管路
设备维护	1. 离心泵的开、停、正常操作及日常维护； 2. 各种流量计的构造、工作原理、正常操作及维护； 3. 主要阀门的位置、类型、构造、工作原理、正常操作及维护； 4. 温度、压力显示仪表及流量控制仪表正常使用及日常维护
可实现自动化功能	1. 自动测定离心泵的性能曲线； 2. 上位贮罐液位的自动控制； 3. 自动测定光滑管、粗糙管和阀门的阻力系数； 4. 离心泵流量、压力的自动调节
监控软件	上位组态监控平台软件的了解及使用

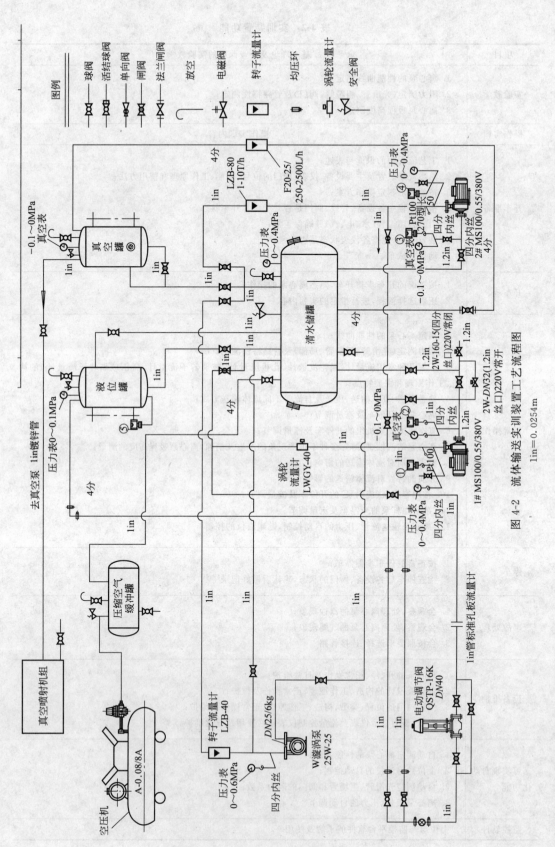

图 4-2 流体输送实训装置工艺流程图

1in＝0.0254m

40

4. 输送对象配置单（见表4-3）

表4-3　输送对象配置单

序号	符号	名称	序号	符号	名称
1	VA101	清水储罐球阀	24	VA124	压缩空气缓冲罐底部球阀
2	VA102	水嘴阀	25	VA125	压缩空气缓冲罐安全阀
3	VA103	旋涡泵闸阀	26	VA126	压缩空气缓冲罐放空阀
4	VA104	电磁阀	27	VA127	闸阀
5	VA105	电磁阀	28	VA128	闸阀
6	VA106	闸阀	29	VA129	电动调节阀
7	VA107	闸阀	30	VA130	闸阀
8	VA108	闸阀	31	VA131	闸阀
9	VA109	单向阀	32	VA132	活结球阀
10	VA110	清水储罐下部球阀	33	VA133	活结球阀
11	VA111	清水储罐上部球阀	34	VA201	闸阀
12	VA112	清水储罐安全阀	35	VA202	闸阀
13	VA113	清水储罐上部支路闸阀	36	P103	多级离心泵
14	VA114	清水储罐上部支路闸阀	37	V101	清水储罐
15	VA115	清水储罐上部支路闸阀	38	V102	液位罐
16	VA116	清水储罐上部支路闸阀	39	V103	真空罐
17	VA117	清水储罐上部支路闸阀	40	P102	多级离心泵
18	VA118	真空罐下部支路闸阀	41	P104	真空喷射机组
19	VA119	清水储罐上部支路闸阀	42	P106	空气压缩机
20	VA120	真空罐放空阀	43	P101	旋涡泵
21	VA121	液位罐放空阀	44	V104	压缩空气缓冲罐
22	VA122	液位罐安全阀	45	VA134	球阀
23	VA123	真空罐球阀	46	VA135	法兰闸阀

5. 仪表及控制系统一览表（见表4-4）

表4-4　仪表及控制系统一览表

位号	仪表用途	仪表位置	规格
PI101	液位罐顶部压力	就地	压力表
PI102	真空罐顶部真空	就地	压力表
PI103	浓浆灌上部压力	就地	压力表
PI104	离心泵(P101)管道垂直支路压力	就地	指针压力表40kPa,1.5级
PI105	离心泵(P103)管道水平支路压力	就地	指针压力表40kPa,1.5级
FI101	转子流量计流量	就地	玻璃转子流量计
FI102	转子流量计流量	就地	玻璃转子流量计
LI101	真空罐液位	就地	精度1cm
LI102	液位罐液位	就地	精度1cm
PI111	液位罐底部压力	就地	压力表
FIC101	离心泵(P102)垂直支路管道流量	就地＋集中	流量计
FI106	离心泵(P102)水平支路管道流量	就地	流量计
FI107	离心泵(P102)水平支路管道流量	就地	流量计
FI108	离心泵(P102)垂直支路管道流量	就地	流量计
FI109	离心泵(P102)垂直支路管道流量	就地	流量计
PI110	压缩空气缓冲罐上部压力	就地	压力表
FI103	转子流量计流量	就地	转子流量计
PI111	旋涡泵(P101)管道压力	就地	压力表
FIC102	孔板流量计流量	就地＋集中	孔板流量计

6. 设备能耗一览表（见表 4-5）

表 4-5　设备能耗一览表

序号	设备名称	供电电压	额定功率/kW
1	1 号离心泵	三相 380V	0.37
2	2 号离心泵	三相 380V	0.37
3	旋涡泵	三相 380V	1.1
4	水力真空喷射机组	三相 380V	1.5
5	空压机	三相 380V	1.5
总计			5.5

四、实训步骤

1. 开车准备

① 公用工程水电是否处于正常供应状态（水压、水位是否正常，电压、指示灯是否正常）；

② 检查清水罐及浓浆罐水位是否够达到 2/3 的位置；

③ 检查总电源的电压情况是否良好。

2. 正常开车

（1）开启电源

① 在仪表操作盘台上，开启总电源开关，此时总电源指示灯亮；

② 开启仪表电源开关，此时仪表电源指示灯亮，且仪表上电。

（2）开启计算机启动监控软件

① 打开计算机电源开关，启动计算机；

② 在桌面上点击"流体输送实训软件"，进入 MCGS 组态环境，如图 4-3 所示；

③ 点击菜单"文件进入运行环境"或按"F5"进入运行环境，如图 4-4 所示，输入班级、姓名、学号后，按"确定"，进入如图 4-5 实训软件界面，监控软件就启动起来了。

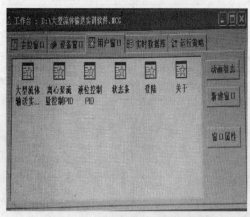
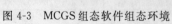

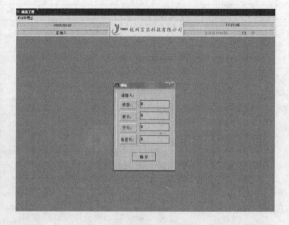

图 4-3　MCGS 组态软件组态环境　　　　图 4-4　监控软件登录界面

④ 图 4-5 中，PV 表示实际测量值、SV 表示设定值、OP 表示控制设置，将打开控制界面，如图 4-6 所示，可对控制的 PID 参数进行设置，一般不设置。

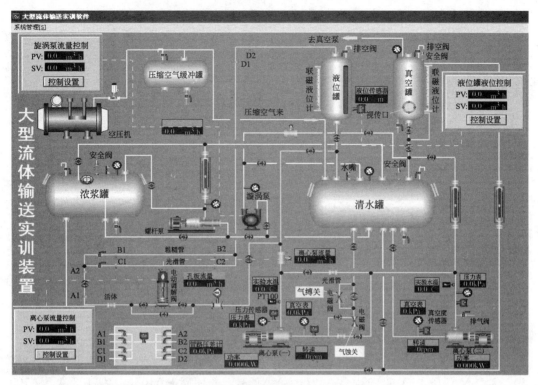

图 4-5　流体输送单元操作实训软件界面

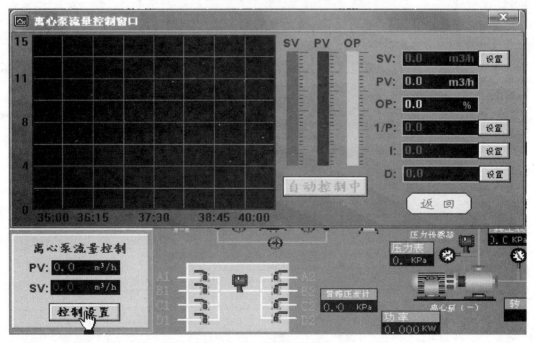

图 4-6　离心泵流量控制窗口

（3）1号离心泵流量控制操作

① 检查各阀门的开关状态，并打开阀 VA104、VA111、VA112、VA114、VA116、VA117、VA118、VA119、VA121、VA123，关闭阀 VA1108、VA103、VA109、VA113。

② 在仪表台上打开"电动调节阀电源开关"，开启调节阀电源。

③ 在仪表台上按下"1号离心泵启动"按钮，启动离心泵。

④ 在仪表台上设定"1号离心泵流量手自动调节仪"为自动，设定到需要调节的流量，如 $8m^3/h$，调节阀会自动调节到设定的流量，若离心泵流量调节不稳，则按"参数整定"按钮，对控制的"P"、"I"、"D"参数进行设置，让控制更快更好。本实验中的 P、I、D 参数一般设定为 100、20、1。

⑤ 改变一个流量设定值 $6m^3/h$，看看控制效果，如图 4-7 所示。

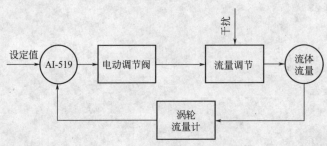

图 4-7　1号离心泵流量控制结构图

（4）高位罐液位控制实验

① 检查各阀门的开关状态，并打开阀 VA104、VA111、VA112、VA114、VA116、VA117、 VA118、 VA119、 VA121、 VA123， 关闭阀 VA108、 VA103、 VA109、VA113。

② 在仪表台上打开"电动调节阀电源开关"，开启调节阀电源。

③ 在仪表台上按下"1号离心泵启动"按钮，启动离心泵。

④ 在仪表台上设定"高位罐液位手自动调节仪"设定值，设定到需要调节的液位，如 30cm，调节阀会自动调节到设定的液位，若离心泵液位调节不稳，则按"参数整定"按钮，对控制的"P"、"I"、"D"参数进行设置，让控制更快更好；本实验中的 P、I、D 参数一般设定为 200、20、1。

⑤ 改变一个流量设定值 50cm，看看控制效果，如图 4-8 所示。

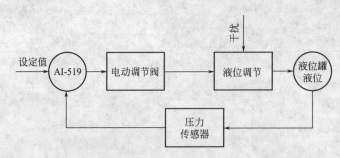

图 4-8　高位罐液位控制结构图

（5）旋涡泵流量控制实验

① 检查各阀门的开关状态。打开阀 VA401、VA403，关闭阀 VA303、VA402。

② 在仪表台上按下"旋涡泵电源启动按钮"，启动旋涡泵电源。

③ 在仪表台上设定"旋涡泵流量手自动调节仪"设定值，设定到需要调节的流量，

如 $1m^3/h$，调节阀会自动调节到设定的流量，若旋涡泵流量调节不稳，则按"参数整定"按钮，对控制的"P"、"I"、"D"参数进行设置，让控制更快更好；本实验中的 P、I、D 参数一般设定为 100、6、1。

④ 改变一个流量设定值 $2m^3/h$，看看控制效果。

（6）离心泵特性控制实验

① 检查各阀门的开关状态。打开阀 VA104、VA111、VA112、VA114、VA116、VA117、VA118、VA119、VA121、VA123，关闭阀 VA1108、VA103、VA109、VA113；

② 在仪表台上打开"电动调节阀电源开关"，开启调节阀电源；

③ 在桌面上点击"流体输送实训软件之离心泵特性测定实验软件"，进入 MCGS 组态环境，如图 4-9 所示。

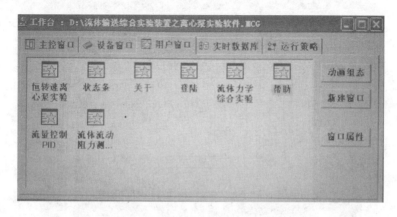

图 4-9　MCGS 组态软件组态环境

④ 点击菜单"文件进入运行环境"或按"F5"进入运行环境，如图 4-10 所示，输入班级、姓名、学号后，按"确定"，进入图 4-11 界面，进入实训软件界面，监控软件就启动起来了。

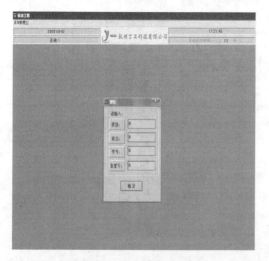

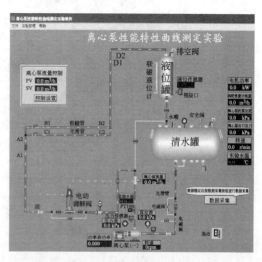

图 4-10　监控软件登录界面　　　　　　　图 4-11　离心泵特性曲线测定软件界面

⑤ 在仪表台上按下"1号离心泵启动"按钮，启动离心泵。

⑥ 在仪表台上设定"1号离心泵流量手自动调节仪"设定值，设定到需要调节的流量，流量从大到小调节，先设定 $10m^3/h$，待流量稳定后，各数值稳定时，按下监控软件上"数据采集"按钮，采集该流量下的离心泵的流量、真空度、出口压力、流体温度、转速、功率等。

⑦ 改变一组流量 $8m^3/h$，待流量稳定后，各数值稳定时，按下监控软件上"数据采集"按钮，采集该流量下的离心泵的各参数。

⑧ 重复"⑦"步骤，每隔 2 个流量改变一组流量，采集离心泵的参数，直到 0 流量时，采集最后一组参数，此时，数据采集完成。

⑨ 在桌面上打开"离心泵性能曲线测定实验"进入图 4-12 界面。

图 4-12　离心泵性能曲线测定实验界面

⑩ 左键单击"确定"，进入图 4-13 界面。

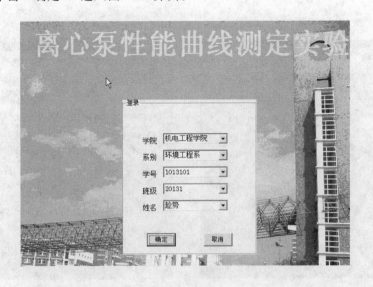

图 4-13　登录界面

⑪ 填写学院、系别、学号、班级、姓名，左键单击"确定"，进入图 4-14 界面。

图 4-14　实验开始界面

⑫ 此时是自动采集数据，单击打开图标"🗁"，打开刚做的实验进入图 4-15 界面。

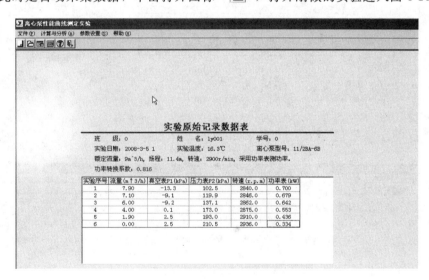

图 4-15　实验原始记录数据界面

⑬ 左键单击图标"▦"，实验计算结果如图 4-16。

⑭ 如果需打印实验数据，单击"文件"，单击"打印实验原始数据"和"打印实验结果"。

⑮ 左键单击图标"▨"，离心泵特性曲线如图 4-17 所示。

⑯ 需打印离心泵特性曲线图形，单击"文件"，单击"打印图形"。

⑰ 如果是手动输入数据，单击图标"⌐"，进入图 4-18 界面。

⑱ 输入实验装置号、实验温度、测功率方式、实验次数，如图 4-19 所示。

⑲ 输入测量的数据，左键单击"确定"，进入图 4-20 界面。

其他操作与自动采集数据一致。

（7）流体流动阻力曲线测定实验

① 检查各阀门的开关状态。打开阀 VA104、VA111、VA112、VA114、VA116、VA117、VA118、VA121、VA123，关闭阀 VA108、VA103、VA109、VA113、VA119。

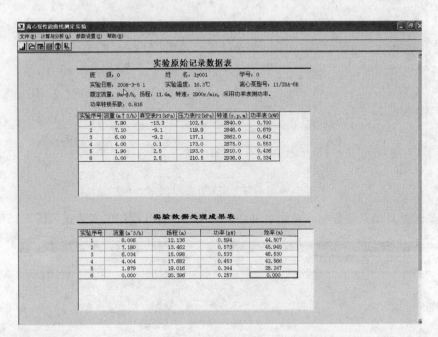

图 4-16　实验计算结果界面

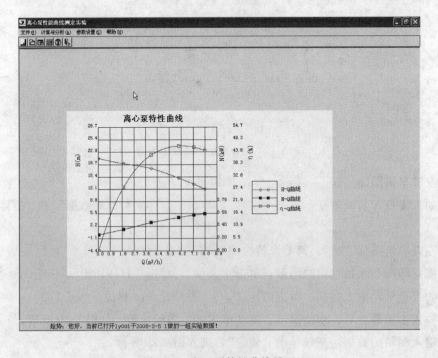

图 4-17　离心泵特性曲线界面

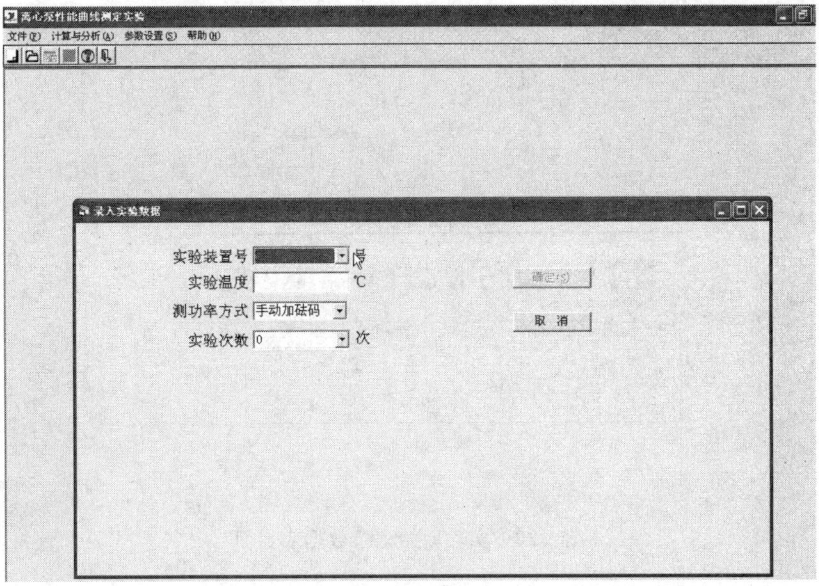

图 4-18　手动录入实验数据界面（1）

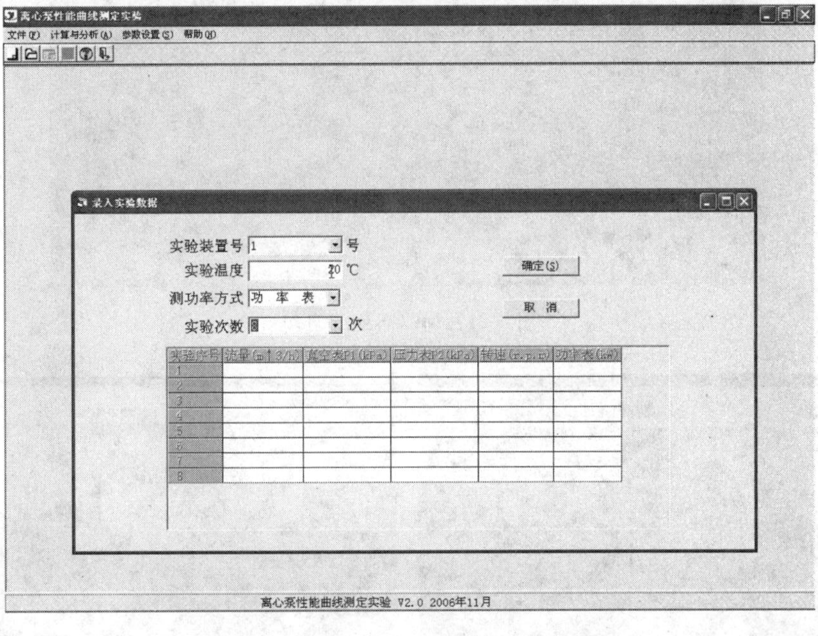

图 4-19　手动录入实验数据界面（2）

② 在仪表台上打开"电动调节阀电源开关"，开启调节阀电源。

③ 在桌面上点击"流体输送实训软件之流体流动阻力测定实验软件"，进入 MCGS 组态环境，如图 4-21 所示。

④ 点击菜单"文件进入运行环境"或按"F5"进入运行环境进入图 4-22 登录界面，输入班级、姓名、学号后，按"确定"，进入图 4-23 所示实训软件界面，监控软件就启动起来了。

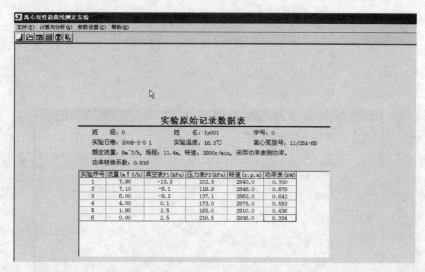

图 4-20　实验原始记录数据表界面

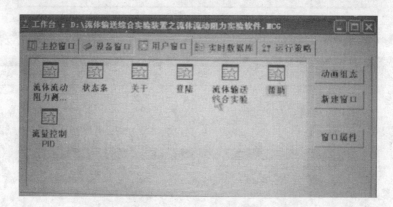

图 4-21　MCGS 组态环境

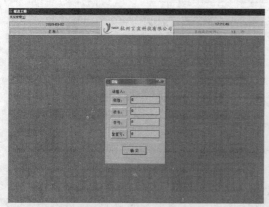 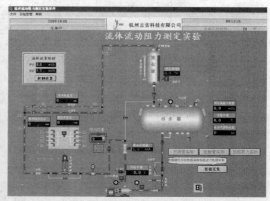

图 4-22　监控软件登录界面　　　　图 4-23　流体流动阻力测定软件界面

⑤ 在仪表台上按下"1 号离心泵启动"按钮，启动离心泵。

⑥ 做光滑管阻力实验：打开图 4-24 中的 C1、C2 阀门，并对压差变送器进行排气，排完气关好排气阀门。

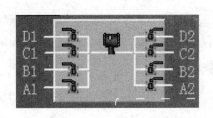

图 4-24　阻力测量切换阀门组

（图 4-24 中，阀门顺序由上到下分别为弯头阻力、光滑管阻力、粗糙管阻力、阀门阻力）

⑦ 在仪表台上设定"1 号离心泵流量手自动调节仪"设定值，设定到需要调节的流量，流量从大到小调节，先设定 $6m^3/h$，待流量稳定后，各数值稳定时，按下监控软件上"数据采集"按钮，采集该流量下的光滑管压差及流体水温等。

⑧ 改变一组流量 $1\sim6m^3/h$ 之间，间隔流量 1 改变一个流量，待流量稳定后，各数值稳定时，按下监控软件上"数据采集"按钮，采集该流量下的光滑管阻力各参数。

⑨ 采集完光滑管实验数据，关闭阀门 VA118、打开 VA119，做粗糙管实验。

⑩ 在仪表台上设定"1 号离心泵流量手自动调节仪"设定值，设定到需要调节的流量，流量从大到小调节，先设定 $6m^3/h$，打开阀 B1、B2，打开压差变送器排气阀门，进行排气，排完气后关闭排气阀门，开始实验。

⑪ 在 $1\sim6m^3/h$ 之间每隔流量 1 调节一个流量，待数据稳定后，按下"数据采集"按钮采集该流量下的粗糙管压差等参数，直到流量为 1 时，完成实验。

⑫ 同理，打开阀 D1、D2 做阀门局部阻力实验；打开阀 A1、A2 做弯头局部阻力实验。

⑬ 实验完成，在桌面上打开"流体流动阻力曲线测定实验"，进入数据处理软件，对实验数据进行处理。

（8）孔板流量计校核实验

① 检查各阀门的开关状态，打开阀 VA104、VA111、VA112、VA114、VA116、VA117、VA118、VA119、VA121、VA123，关闭阀 VA108、VA103、VA109、VA113。

② 在仪表台上打开"电动调节阀电源开关"，开启调节阀电源。

③ 在桌面上点击"流体输送实训软件之流量计校核实验软件"，进入 MCGS 组态环境，如图 4-25 所示。

④ 点击菜单"文件 \ 进入运行环境"或按"F5"进入运行环境，如图 4-26 所示，输入班级、姓名、学号后，按"确定"，进入图 4-27 界面，进入实训软件界面，监控软件就启动起来了。

⑤ 在仪表台上按下"1 号离心泵启动"按钮，启动离心泵。

⑥ 在仪表台上设定"1 号离心泵流量手自动调节仪"设定值，设定到需要调节的流量，流量从大到小调节，先设定 $8m^3/h$，待流量稳定后，各数值稳定时，按下监控软件上"数据采集"按钮，采集该流量下的离心泵的流量、孔板压差、流体温度。

图 4-25　MCGS 组态软件组态环境

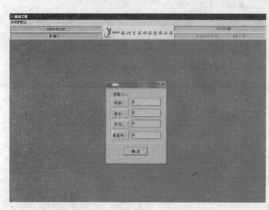

图 4-26　监控软件登录界面　　　　　图 4-27　流量计校核软件界面

⑦ 改变一组流量 6m³/h，待流量稳定后，各数值稳定时，按下监控软件上"数据采集"按钮，采集该流量下的离心泵的各参数。

⑧ 4～8m³/h 之间测 3～4 组数据，然后打开数据处理软件，对实验数据进行处理。

（9）真空泵输送实验

① 检查各阀门的开关状态。打开阀 VA601、VA603、VA605，关闭阀 VA602、VA604、VA606、VA607。

② 在仪表台上按下"真空泵电源启动按钮"，启动真空泵。

③ 把真空罐抽真空，随着真空度的增大，液体流量也变大。

（10）压力输送实验

① 检查各阀门的开关状态。打开阀 VA601、VA604，关闭阀 VA602、VA102、VA104、VA105、VA108、VA112、VA109、VA123、VA308、VA403、VA205、VA111、VA201、VA607、VA603。

② 在仪表台上按下"空压机电源启动按钮"，关闭罐上所有阀门，启动空压机。

③ 往清水罐里加压，随着压力的增大，打开阀 VA603，随着压力变化，液体流量也变化。

注意：做该实验时，需先关闭所有阀门，让空压机的压力进入清水罐一段时间后，压力罐内压力达到 0.4MPa 时，才开启阀 VA603 做压力实验。

3. 正常停车

① 停止离心泵　在仪表操作台上按下"离心泵电源"停止按钮，停止离心泵运行；

② 停止旋涡泵　在仪表操作台上按下"旋涡泵电源"停止按钮，停止旋涡泵运行；

③ 停止真空泵　在仪表操作台上按下"真空泵电源"停止按钮，停止真空泵运行；

④ 停止空压机　在仪表操作台上按下"空压机电源"停止按钮，停止空压机运行；

⑤ 停止电动调节阀　在仪表操作台上关闭"电动调节阀电源"开关，停止电动调节阀电源；

⑥ 仪表电源关闭　关闭仪表电源开关；

⑦ 控制柜总电源关闭　关闭总电源空气开关，关闭整个设备电源。

五、实验数据记录

1. 离心泵实验数据记录（见表 4-6）

表 4-6　离心泵实验数据记录表

班级_____；姓名_____；学号_____；装置号

序号	温度/℃	流量/(m³/h)	进口压力/kPa	出口压力/kPa	转速/(r/min)	功率/kW

2. 流体流动阻力测定实验数据记录（见表 4-7）

表 4-7　流体流动阻力测定实验数据记录表

班级_____；姓名_____；学号_____；装置号

序号	温度/℃	流量/(m³/h)	粗糙罐压差/kPa	光滑管压差/kPa	闸阀压差/kPa	弯头压差/kPa

3. 流量计校核实验数据记录（见表 4-8）

表 4-8　流量计校核实验数据记录表

班级_____；姓名_____；学号_____；装置号

序号	温度/℃	流量/(m³/h)	压差/kPa

复习思考题

1. 如何检验管路系统内的空气已经被排除干净？

2. 测压孔的大小和位置，测压导管的粗细和长短对实验有无影响？

3. 影响 λ 值测量准确度的因素有哪些？

4. 为什么启动离心泵前要灌泵？如果灌水后泵仍启动不起来，你认为可能是什么原因？

5. 为什么启动离心泵时要关出口调节阀和功率表开关？

6. 什么情况下会出现汽蚀现象？

7. 为什么泵的流量改变可通过出口阀来调节？是否还有其他方法来调节流量？

8. 正常工作的离心泵，在其进口管线上设阀门是否合理？为什么？

9. 为什么在离心泵吸入管路上安装底阀？

10. 测定离心泵的特性曲线为什么要保持转速的恒定？

任务二 传热单元技能训练

一、实训目标

1. 知识性目标

① 了解换热器换热的原理及各种传热设备的结构和特点；

② 掌握传热设备的基本操作、调节方法及影响传热的主要因素；

③ 掌握换热系数 k 计算方法及意义；

④ 了解逆流、并流操作对换热效果的影响；

⑤ 了解折流挡板的作用及强化传热的途径；

⑥ 了解工业现场生产安全知识。

2. 技能性目标

① 认识传热装置流程及各传感检测的位置、作用，各显示仪表的作用等；

② 学会做好开车前的准备工作；

③ 能按要求操作调节，进行正常开车及紧急停车操作；

④ 能及时掌握设备的运行情况，随时发现、判断及处理各种异常现象；

⑤ 能应用计算机对现场数据进行采集、监控；

⑥ 能正确使用设备、仪表，及时进行设备、仪器、仪表的维护与保养；

⑦ 能正确填写生产（实验）记录，及时分析各种数据。

二、实训原理

本换热器性能测试实验装置，主要对应用较广的间壁式中的三种换热器，即套管式换热器、板式换热器和列管式换热器进行其性能的测试。其中，对套管式换热器、板式换热器和列管换热器可以进行顺流和逆流两种方式的性能测试。

换热器性能实验的内容主要为测定换热器的总传热系数，对数传热温差和热平衡误差等，并就不同换热器，不同量两种流动方式，不同工况的传热情况和性能进行比较和分析。

1. 数据计算

热流体放热量： $\qquad Q_1 = c_{p1} m_1 (T_1 - T_2) \qquad$ (4-19)

冷流体吸热量： $\qquad Q_2 = c_{p2} m_1 (t_2 - t_1) \qquad$ (4-20)

传热系数： $\qquad K = \dfrac{Q}{A \Delta t_{\mathrm{m}}} \qquad$ (4-21)

对数传热温差： $\qquad \Delta t_{\mathrm{m}} = \dfrac{\Delta t_1 - \Delta t_2}{\ln \dfrac{\Delta t_1}{\Delta t_2}} \qquad$ (4-22)

如 $\Delta t_1 / \Delta t_2 < 2$ 时，仍可用算术平均值计算，即 $\Delta t_{\mathrm{m}} = \dfrac{\Delta t_1 + \Delta t_2}{2}$，其误差 $< 4\%$。

式中 $\quad c_{p1}$，c_{p2}——热、冷流体的定压比热容，kJ/(kg·℃)；

$\quad\quad m_1$，m_2——热、冷流体的质量流量，kg/s；

$\quad\quad T_1$，T_2——热流体的进出口温度，℃；

$\quad\quad t_1$，t_2——冷流体的进出口温度，℃；

$\quad\quad A$——换热器的换热面积，m^2。

注：热、冷流体的质量流量 m_1、m_2 是根据修正后的流量计体积流量读数 V_1、V_2 再换算成的质量流量值。

2. 绘制热性能曲线

① 以传热系数为纵坐标，冷（热）流体流量为横坐标绘制传热性能曲线；

② 对三种不同形式的换热器传热性能进行比较。

三、实训装置

实训装置见图 4-28。

图 4-28　热交换器

1. 装置介绍

换热器是将热流体的部分热量传递给冷流体的设备，又称热交换器（图 4-28）。换热器广泛应用于化工、石油、动力和原子能等工业部门。它的主要功能是保证工艺过程对介质所要求的特定温度，同时也是提高能源利用率的主要设备之一。

传热实训对象由两个冷风机、一个综合换热热风机、左列管换热器、右列管换热器、小列管换热器、综合换热装置、蒸汽发生器、蒸汽调节装置及管路、不凝性气体装置及管路、冷凝水排放系统及管路、冷却水系统、综合传热加热管装置、流量检测传感、压力检测传感、现场显示变送仪表等组成。换热单元操作实训装置包括以下岗位。

（1）换热体系岗位　水蒸气-空气（双列管换热器）和冷空气-热空气（套管、列管、板式）换热体系的冷热风机启停，水冷却器操作，预热器操作，疏水阀操作等。

（2）换热器岗位　套管换热器操作；列管换热器操作及板式换热器操作。

（3）换热流程岗位　换热器内的逆、并流操作；各换热器间串、并联操作；各换热体系间逆、并流操作。

（4）现场工控岗位　各风机的变频调节及手阀调节；各预热器温度测控；蒸汽输送压力测控；各换热器总传热系数测定。

（5）化工仪表岗位　孔板流量计、变频器、差压变送器、热电阻、无纸记录仪、声光报警器、调压模块及各类就地弹簧指针表的使用；单回路、串级控制等控制方案的实施。

（6）就地及远程控制岗位　现场操作报表的制作、记录，现场控制台仪表与微机通信，实时数据采集及过程监控；总控室控制台 DCS 与现场控制台通信，各操作工段切换、远程监控、流程组态的上传下载，装置操作报表的制作与填写等。

2. 装置功能（见表 4-9）

3. 换热器结构

（1）套管式换热器　套管式换热器如图 4-29 所示，是由直径不同的直管制成的同心套管，并由 U 形弯头连接而成。在这种换热器中，一种流体走管内，另一种流体走环隙，两者皆可得到较高的流速，故传热系数较大。另外，在套管式换热器中，两种流体可为纯逆流，对数平均推动力较大。

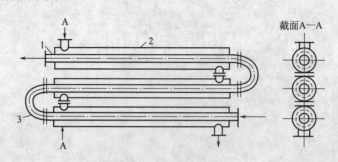

图 4-29　套管式换热器
1—内管；2—外管；3—U 形管

套管换热器结构简单，能承受高压，应用亦方便（可根据需要增减管段数目）。特别是由于套管换热器同时具备传热系数大、传热推动力大及能够承受高压强的优点，在超高压生产过程（例如操作压力为 300MPa 的高压聚乙烯生产过程）中所用的换热器几乎全部

表 4-9　装置功能

项目	基本理论及专业课程的实验教学
实验教学	1. 换热器的开停车及运行操作； 2. 冷流体出口温度自动调节的操作； 3. 冷热流体相对流向对换热效果的影响（逆、并流的切换）； 4. 流体的流态（流速）对换热效果的影响； 5. 列管换热器串、并联的操作； 6. 水蒸气中不凝性气体对换热效果的影响； 7. 传热系数 K 的测定
实训功能	操作实训内容
开车准备	1. 工艺流程图的识读； 2. 现场装置及主要设备、仪表、阀门的位号、功能、工作原理和使用方法； 3. 按照要求制定操作方案； 4. 检查流程中各设备、管线、阀门是否处于正常开车状态； 5. 引入公用工程（水、电、汽）并确保正常； 6. 装置上电，检查各仪表状态是否正常，动设备试车
开车	1. 按正确的开车步骤开车，调节空气流量、蒸汽压力到指定值； 2. 能执行换热器的切换操作
正常操作	1. 能改变空气流量、蒸汽压力到指定值并重新建立正常操作； 2. 巡查各温度、压力、流量并做好记录，能及时判断各指标否正常； 3. 按照要求巡查动设备（鼓风机）的运行状况，确认并做好记录； 4. 观察正常操作时换热器的操作状况，并指出可能影响其正常操作的因素； 5. 能按正常操作调节空气出口温度； 6. 能测定换热器的总传热系数
停车	1. 按正常的停车步骤停车； 2. 检查停车后各设备、阀门、蒸汽包的状态，确认后做好记录
事故处理	1. 会观察、分析因蒸汽压力过小引起的系统异常并恢复至正常操作状态； 2. 会观察、分析因换热器中存在不凝气引起的系统异常并恢复至正常操作状态； 3. 会观察、分析因换热器中冷凝液未及时排除引起的异常现象并恢复至正常操作状态
设备维护	1. 鼓风机的开停车操作及日常维护； 2. 换热器的构造、工作原理、正常操作及维护； 3. 主要阀门（蒸汽压力调节，空气流量调节，疏水阀）的位置、类型、构造、工作原理、正常操作及维护
仪表监控	1. 温度、压力显示仪表及流量控制仪表的使用； 2. 控制执行装置变频器、调节阀的正常使用
监控软件	上位监控平台软件的了解及使用

是套管式。

（2）管壳式换热器（列管换热器） 管壳式（又称列管式）换热器如图 4-30 是最典型的间壁式换热器，它在工业上的应用有着悠久的历史，而且至今仍在所有换热器中占据主导地位。

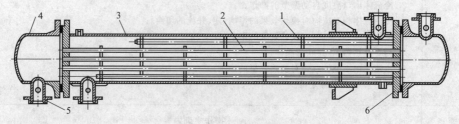

图 4-30 列管换热器

1—折流挡板；2—管束；3—壳体；4—封头；5—接管；6—管板

管壳式换热器主要由壳体、管束、管板和封头等部分组成，壳体多呈圆形，内部装有平行管束，管束两端固定于管板上。在管壳换热器内进行换热的两种流体，一种在管内流动，其行程称为管程；一种在管外流动，其行程称为壳程。管束的壁面即为传热面。

为提高管外流体给热系数，通常在壳体内安装一定数量的横向折流挡板。折流挡板不仅可防止流体短路、增加流体速度，还迫使流体按规定路径多次错流通过管束，使湍动程度大为增加。常用的挡板有圆缺形和圆盘形两种，如图 4-31 所示，前者应用更为广泛。

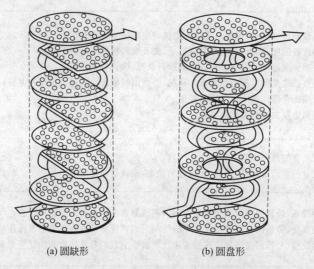

(a) 圆缺形   (b) 圆盘形

图 4-31 流体的折流及折流挡板的形式

流体在管内每通过管束一次称为一个管程，每通过壳体一次称为一个壳程。为提高管内流体的速度，可在两端封头内设置适当隔板，将全部管子平均分隔成若干组。这样，流体可每次只通过部分管子而往返管束多次，称为多管程。同样，为提高管外流速，可在壳体内安装纵向挡板使流体多次通过壳体空间，称多壳程。

（3）板式换热器 BR 系列板式换热器如图 4-32 所示，是由固定压紧板、换热板片、密封胶垫、活动压紧板、法兰接管、上下导杆、框架和压紧螺栓组成。不锈钢板片组合结构管热板片采用进口不锈钢板压制成人字形波纹，使流体在板间流动时形成紊流提高换热效果，相邻板片的人字形波纹相互交叉形成大量触点，提高了板片组的刚度和承受较大压力的能力。橡胶垫片利用双道密封结构并设有安全区和信号槽，使两种介质不会发生混淆。

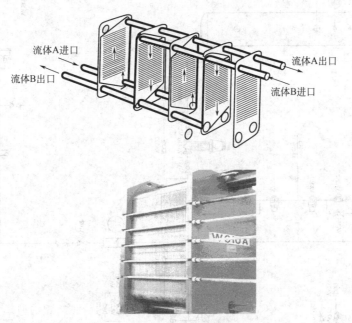

流体A进口
流体B出口
流体A出口
流体B进口

图 4-32　平板式换热器

　　板式换热器的流程分为 a 片和 b 片两种，如图 4-33，a 片是串联流程，有 7 块板为 3 个流程，每个流程均为一个通道，流体经过每一个通道即改变方向；b 片是并联流程，有 7 块板，是单流程，冷、热流体分别流入平行的 3 个通道而形成一股流至出口。板片的流程和通道数量应根据热力学和流体力学计算确定，通常采用分子式来表示，分子表示热流体的程数和通道数，分母表示冷流体的程数和通道数。如图 4-33 分别表示 $\dfrac{3\times1}{3\times1}$、$\dfrac{1\times3}{1\times3}$。

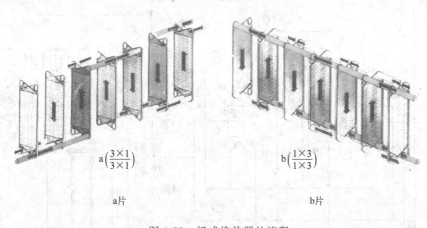

$a\left(\dfrac{3\times1}{3\times1}\right)$ 　　　　　$b\left(\dfrac{1\times3}{1\times3}\right)$

a片　　　　　　　　　　b片

图 4-33　板式换热器的流程

4. 工艺流程

传热实训装置工艺流程如图 4-34 所示。

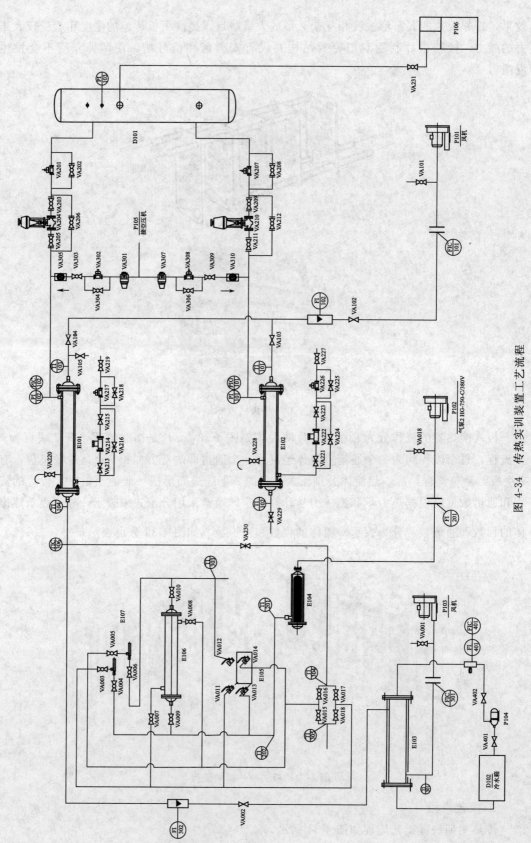

图 4-34　传热实训装置工艺流程

图 例

图 例	名 称	图 例	名 称
	主料		氮气
	辅料		排污
	冷凝水进水		冷凝水回水
	球阀		放空
	活结球阀		压力定值阀
	法兰球阀		针型阀
	闸阀		调压阀
	法兰闸阀		电磁阀
	法兰截止阀		电动阀
	水嘴		气动阀
	安全阀		疏水阀
	过滤器		八字盲板
	浮球阀		保温
	止逆阀		涡轮流量计
	法兰连接		转子流量计
	管道视镜		压力表

物料代号

代 号	名 称	代 号	名 称
PL	工艺液体	DR	排液
PG	工艺气体	N	氮气
PS	工艺固体	H	氢气
VT	放空	O	氧气
CWS	循环冷却水上水	CWR	循环冷却水回水

仪表功能代号

代号		仪表功能	代号		仪表功能
首位字母	T	温度	后续字母	I	指示
	P	压力		C	控制
	F	流量		A	分析
	L	液位		R	记录
	A	报警		V	执行
	PD	压差		S	连锁

管道隔热代号

代号	功能	代号	功能
HT	隔热	PP	防烫
ET	电伴热	WT	热水伴热
ST	蒸汽伴热		

5. 实训设备配置（见表 4-10）

表 4-10　实训设备配置一览表

序号	符号	名称	序号	符号	名称
1	TI101	列管换热器 2 冷流体进口温度	38	FI401	冷却水流量
			39	FIC101	列管换热器冷流体流量控制
2	TI102	列管换热器 2 冷流体出口温度	40	FIC301	综合换热冷流体流量控制
			41	FIC401	冷却水流量控制
3	TI103	列管换热器 1 冷流体进口温度	42	TI201	综合换热器加热管出口温度控制
			43	VA001	综合换热冷流体风机出口旁路阀
4	TI104	列管换热器 1 冷流体出口温度	44	VA002	综合换热冷流体风机出口流量调节阀
			45	VA003	综合换热套管冷流体切换阀门
5	TI201	综合换热器加热管出口温度	46	VA004	综合换热套管热流体切换阀门
6	TI202	综合换热器热流体进口温度	47	VA005	综合换热套管冷流体切换阀门
7	TI303	综合换热器热流体出口温度	48	VA006	综合换热套管热流体切换阀门
8	TI304	综合换热器冷流体进口温度	49	VA007	综合换热列管冷流体切换阀门
9	TI305	综合换热器冷流体出口温度	50	VA008	综合换热列管热流体切换阀门
10	TI301	冷却器空气进口温度	51	VA009	综合换热列管冷流体切换阀门
11	TI302	冷却器空气出口温度	52	VA010	综合换热列管热流体切换阀门
12	E101	列管换热器 1	53	VA011	综合换热板式换热冷流体切换阀门
13	E102	列管换热器 2	54	VA012	综合换热板式换热热流体切换阀门
14	E103	冷却器	55	VA013	综合换热板式换热冷流体切换阀门
15	E104	综合换热加热器	56	VA014	综合换热板式换热热流体切换阀门
16	E105	综合换热器板式换热器	57	VA015	综合换热冷流体顺逆切换阀门
17	E106	综合换热器列管换热器	58	VA016	综合换热冷流体顺逆切换阀门
18	E107	综合换热器套管换热器	59	VA017	综合换热冷流体顺逆切换阀门
19	FI101	列管换热器冷流体流量	60	VA018	综合换热冷流体顺逆切换阀门
20	FI201	综合换热热流体流量	61	VA101	列管换热冷流体风机旁路阀
21	FI301	综合换热冷流体流量	62	VA102	列管换热冷流体风机流量调节阀
22	P101	列管换热冷流体风机 3	63	VA103	列管换热器 2 冷流体进口阀门
23	P102	综合换热热流体风机 2	64	VA104	列管换热器 1 冷流体进口阀门
24	P103	综合换热冷流体风机 1	65	VA105	列管换热器 1 冷流体进口旁路阀
25	P104	冷却水泵	66	VA201	列管换热器 1 蒸汽进口回路阀门
26	P105	空气压缩机	67	VA202	列管换热器 1 蒸汽进口回路电磁阀
27	P106	蒸汽发生器	68	VA203	列管换热器 1 蒸汽进口回路阀门
28	PI101	列管换热器 2 蒸汽压力	69	VA204	列管换热器 1 蒸汽进口回路电动阀
			70	VA205	列管换热器 1 蒸汽进口回路阀门
29	PI102	列管换热器 1 蒸汽压力	71	VA206	列管换热器 1 蒸汽进口回路阀门
			72	VA207	列管换热器 2 蒸汽进口回路阀门
30	PI103	蒸汽包压力	73	VA208	列管换热器 2 蒸汽进口回路电磁阀
31	D101	蒸汽包	74	VA209	列管换热器 2 蒸汽进口回路阀门
32	PIC101	列管换热器 2 蒸汽压力控制	75	VA210	列管换热器 2 蒸汽进口回路电动阀
			76	VA211	列管换热器 2 蒸汽进口回路阀门
33	PIC102	列管换热器 1 蒸汽压力控制	77	VA212	列管换热器 2 蒸汽进口回路阀门
			78	VA213	列管换热器 1 冷凝水回路阀门
34	FI101	列管换热冷流体流量	79	VA214	列管换热器 1 冷凝水回路疏水阀
35	FI102	列管换热冷流体流量	80	VA215	列管换热器 1 冷凝水回路阀门
36	FI201	综合换热热流体流量	81	VA216	列管换热器 1 冷凝水回路阀门
37	FI301	综合换热冷流体流量	82	VA217	列管换热器 1 冷凝水回路电磁阀

序号	符号	名称	序号	符号	名称
83	VA218	列管换热器1冷凝水回路阀门	97	VA301	列管换热器2故障回路恒压定制调节阀
84	VA219	列管换热器1冷凝水回路阀门	98	VA302	列管换热器2故障回路电磁阀
85	VA220	列管换热器1放空阀	99	VA303	列管换热器2故障回路阀门
86	VA221	列管换热器2冷凝水回路阀门	100	VA304	列管换热器2故障回路阀门
87	VA222	列管换热器2冷凝水回路疏水阀	101	VA305	列管换热器2故障回路单向阀
88	VA223	列管换热器2冷凝水回路阀门	102	VA306	列管换热器1故障回路阀门
89	VA224	列管换热器2冷凝水回路阀门	103	VA307	列管换热器1故障回路恒压定制调节阀
90	VA225	列管换热器2冷凝水回路阀门	104	VA308	列管换热器1故障回路电磁阀
91	VA226	列管换热器2冷凝水回路电磁阀	105	VA309	列管换热器1故障回路阀门
92	VA227	列管换热器2冷凝水回路阀门	106	VA310	列管换热器1故障回路单向阀
93	VA228	列管换热器2放空阀	107	VA401	冷凝水泵进口阀
94	VA229	列管换热器2冷流体出口阀	108	VA402	冷凝水泵出口阀
95	VA230	列管换热器1冷流体出口阀	109	D102	水箱
96	VA231	蒸汽发生器出口阀			

6. 仪表及控制系统一览表（见表 4-11）

表 4-11　仪表及控制系统一览表

位号	仪表用途	仪表位置	规格	执行器
PI01	列管换热器2蒸汽压力	就地	指针压力表,1.5级	电动阀
PI02	列管换热器1蒸汽压力	就地	指针压力表,1.5级	电动阀
PI03	蒸汽包蒸汽压力	就地	指针压力表,1.5级	无
PIC01	列管换热器2蒸汽压力	集中	压力传感器+智能仪表,1级	电动阀
PIC02	列管换热器1蒸汽压力	集中	压力传感器+智能仪表,1级	电动阀
TI101	列管换热器2冷流体进口温度显示	集中	热电阻+智能仪表,1级	无
TI102	列管换热器2冷流体出口温度显示	集中	热电阻+智能仪表,1级	无
TI103	列管换热器1冷流体进口温度显示	集中	热电阻+智能仪表,1级	无
TI104	列管换热器1冷流体出口温度显示	集中	热电阻+智能仪表,1级	无
TI201	综合换热器加热管出口温度显示控制	集中	热电阻+智能仪表,1级	无
TI202	综合换热器热流体进口温度显示	集中	热电阻+智能仪表,1级	无
TI301	冷却器空气进口温度	集中	热电阻+智能仪表,1级	无
TI302	冷却器空气出口温度	集中	热电阻+智能仪表,1级	无
TI303	综合换热器热流体出口温度显示控制	集中	热电阻+智能仪表,1级	无
TI304	综合换热器冷流体进口温度	集中	热电阻+智能仪表,1级	无
TI305	综合换热器冷流体出口温度显示	集中	热电阻+智能仪表,1级	无
TIC306	综合换热器冷流体温度显示控制	集中	热电阻+智能仪表,1级	无
FIC101	列管换热器冷流体流量显示控制	就地+集中	孔板+智能仪表,1级	无
FIC201	综合换热器热流体流量显示	就地+集中	孔板+智能仪表,1级	无
FIC301	综合换热冷流体流量显示控制	就地+集中	孔板+智能仪表,1级	无
FIC401	冷却水流量显示控制	就地+集中	孔板+智能仪表,1级	无

7. 能耗一览表（见表4-12）

表4-12 能耗表一览表

名称	流量/(m³/h)	名称	流量/(m³/h)	名称	额定功率/W
综合换热器冷流体风机流量	9～30	综合换热器热流体风机流量	9～30	综合换热冷流体风机	750
				综合换热热流体风机	750
列管换热器冷流体风机流量	10～80	冷却水流量	0.3～1	列管换热器冷流体风机	750
				冷却水泵	370
				空气压缩器	1100
				蒸汽发生器	6000
				总计	9.72kW

四、实训步骤

1. 开机准备

（1）检查公用工程水电是否处于正常供应状态（水压、水位是否正常，电压、指示灯是否正常）；

（2）熟悉设备工艺流程图，各个设备组成部件所在位置（如蒸汽发生器、空压机、疏水阀、列管换热器、套管换热器、板式换热器等）；

（3）熟悉各取样点及温度、压力、流量、测量与控制点的位置；

（4）检查总电源的电压情况是否良好。

2. 正常开机

（1）开启电源

①在仪表操作盘台上，开启总电源开关，此时总电源指示灯亮；

②开启仪表电源开关，此时仪表电源指示灯亮。

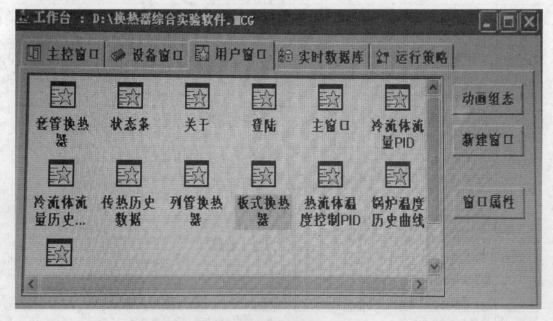

图4-35 MCGS组态软件组态环境

（2）开启计算机启动监控软件

①打开计算机电源开关，启动计算机；

②在桌面上点击"传热实训软件"，进入 MCGS 组态环境，如图 4-35 所示；

③点击菜单"文件\进入运行环境"或按"F5"进入运行环境，如图 4-36 所示，输入班级、姓名、学号后，按"确定"，进入图 4-37 界面，点击"传热单元操作实训"进入实训软件界面，如图 4-38 所示，监控软件就启动起来了；

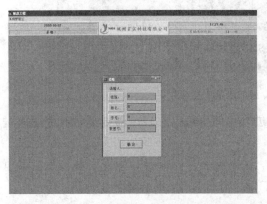

图 4-36　监控软件登录界面

图 4-37　监控软件实训项目选择界面

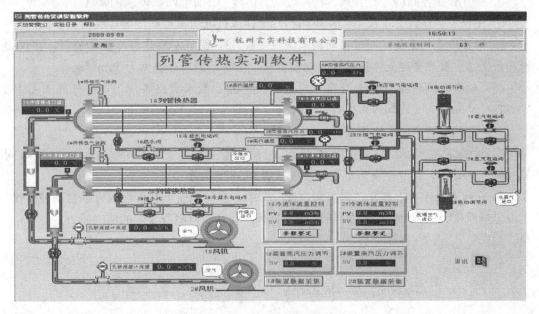

图 4-38　传热单元操作实训软件界面

④ 图 4-38 中，PV 表示实际测量值、SV 表示设定值、OP 表示"控制设置"，将打开控制界面，如图 4-39 所示，可对控制的 PID 参数进行设置，一般不设置。

（3）开启蒸汽发生器

① 检查蒸汽发生器液位的高度，液位高度应为玻璃液位计的最上面刚好能看到液位的位置；若液位过高则需打开发生器上的排空阀及发生器下的排污阀排放掉部分水；若液位不够，在打开发生器电源时，发生器会进行自动加水。

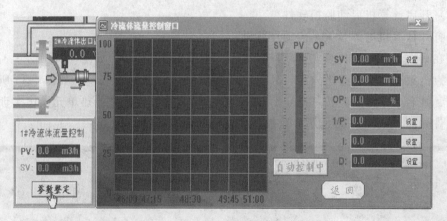

图 4-39　左换热器冷流体流量控制窗口

② 打开发生器后的进水阀门，让自来水进入中间水箱（在发生器内部，有浮球阀进行液位自动控制）。

③ 开启发生器电源。在发生器前面板上，按下两个船型开关，即开了蒸汽发生器电源，此时蒸汽发生器开始加热，蒸汽发生器压力达到 0.4MPa 时自动停止加热。

（4）开启左换热器冷流体风机

① 检查管路各阀门。打开阀 VA002、VA105，关闭阀 VA230、VA104。

② 在仪表操作台上，按下"左换热器冷流体风机电源"启动按钮，启动。

③ 调整冷空气流量。通过手动调节阀门 VA002，调节左换热器冷流体流量；在仪表操作台上"左换热器冷流体流量手自动控制仪"上自动调节冷流体为 50m³/h。

（5）检查左换热器冷凝水管路　检查左换热器冷凝水管路各阀门，打开阀 VA213、VA215、VA219，关闭阀 VA216、VA218。

（6）打开左换热器蒸汽管路

① 检查左换热器蒸汽管路各阀门，打开阀 VA231、VA203、VA205，关闭阀 VA202、VA206，调节左换热器不凝性气体阀 VA220 大小。

② 在仪表操作台上打开"调节阀电源"开关，在"左换热器蒸汽压力手自动控制仪"上设定蒸汽压力值为 150kPa，控制仪（图 4-40）会自动控制所设定的蒸汽压力。

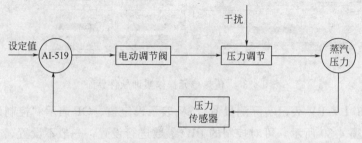

图 4-40　控制仪

注：电磁阀的作用是设置故障点，正常操作时压缩空气电磁阀关闭，设置故障点时打开。

（7）数据记录

① 调节不同的冷流体流量，稳定 15min，记录冷流体流量、蒸汽压力、冷流体进出

口温度；

② 调节不同的蒸汽压力，稳定 15min，记录冷流体流量、蒸汽压力、冷流体进出口温度。

（8）开启右换热器冷流体风机

① 检查右换热器管路各阀门。打开阀 VA102、VA103、VA229，关闭阀 VA104。

② 在仪表操作台上，按下"右换热器冷流体风机电源"启动按钮，启动风机。

③ 调整冷空气流量。通过手动调节阀门 VA，调节右换热器冷流体流量；在仪表操作台上"右换热器冷流体流量手自动控制仪"上自动设定冷流体设定值为 50m³/h，控制仪自动控制设定的流量值。

（9）检查右换热器冷凝水管路　检查右换热器冷凝水管路各阀门。打开阀 VA221、VA223、VA227，关闭阀 VA224、VA225。

（10）打开右换热器蒸汽管路

① 检查右换热器蒸汽管路各阀门。打开阀 VA231、VA209、VA211，关闭阀 VA208、VA212，调节右换热器不凝性气体阀门 VA228 大小。

② 在仪表操作台上打开"调节阀电源"开关，在"右换热器蒸汽压力手自动控制仪"上设定蒸汽压力值为 150kPa，控制仪会自动控制所设定的蒸汽压力。

（11）右换热器数据记录

① 调节不同的冷流体流量，稳定 15min，记录右换热器冷流体流量、蒸汽压力、冷流体进出口温度；

② 调节不同的蒸汽压力，稳定 15min，记录右换热器冷流体流量、蒸汽压力、冷流体进出口温度。

（12）冷却水系统开启

① 检查冷却水水箱里水的液位高低，液位过低，则打开自来水进水阀门，往水箱里加水；

② 检查冷却水管路各阀门，打开阀门 VA401、VA402；

③ 在仪表操作台上按下"冷凝水泵电源"启动按钮，启动冷却水泵电源。

（13）综合换热实验

① 检查冷流体流量管路各阀门。打开阀门 VA002、VA230、VA016、VA018、板式换热器实验阀门（VA014、VA011）、列管换热器实验阀门（VA008、VA007）、套管换热器实验阀门（VA005、VA003），关闭阀门 VA015、VA017 及其他换热器冷流体进出阀门（VA008、VA007、VA005、VA003）。

② 开启左换热器冷流体风机。仪表操作台上，按下"左换热器冷流体风机电源"启动按钮，启动风机进行流量控制。

手动：通过调节阀门 VA002，调节左换热器冷流体流量 20m³/h。

自动：在仪表操作台上"左换热器冷流体流量手自动控制仪"上设定冷流体设定值为 20m³/h，控制仪自动控制设定的流量值。

③ 检查热流体流量管路各阀门。打开板式换热器实验阀门（VA013、VA012）、列管换热器实验阀门（VA009、VA010）、套管换热器实验阀门（VA004、VA006），关闭其

他换热器热流体进出阀门（VA009、VA010、VA004、VA006）。

④ 开启热流体流量风机。在仪表操作台上打开"综合换热热流体风机电源"开关，启动综合换热热流体风机。

⑤ 启动加热管电源。在仪表操作台上按下"综合换热加热管电源"启动按钮，启动综合换热加热管，开始加热。

⑥ 综合换热加热管温度控制。在仪表操作台上"综合换热热流体温度手自动控制仪"上设定热流体温度为70℃，控制仪就自动对热流体温度进行控制，如图 4-41 所示。

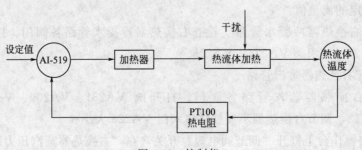

图 4-41 控制仪

⑦ 当加热管温度稳定在 70℃ 左右时，让系统稳定 15min，记录板式换热器的冷、热流体流量，冷流体进、出口温度，热流体进、出口温度。

⑧ 改变冷流体流量值为 25m³/h，稳定 15min，记录板式换热器的冷、热流体流量，冷流体进、出口温度，热流体进、出口温度；同样改变冷流体流量值，稳定 15min 后记录相应的实验值。

⑨ 综合换热冷流体顺逆流切换。逆流时打开阀门 VA016、VA018，关闭 VA015、VA017，顺流时打开阀门 VA015、VA017，关闭 VA016、VA018。

3. 正常关机

（1）关闭蒸汽发生器

① 关闭蒸汽发生器进水口阀门；

② 关闭蒸汽发生器出蒸汽口阀门；

③ 关闭发生器上船型电源开关。

（2）关闭综合换热热流体加热电源 在仪表操作台上按下"综合换热加热管电源"停止按钮，停止综合换热加热管电源。

（3）关闭左换热器蒸汽 在仪表操作台上"左换热器蒸汽压力手自动控制仪"上设置蒸汽压力为 0kPa，调节阀即可关闭蒸汽。

（4）关闭右换热器蒸汽 在仪表操作台上"右换热器蒸汽压力手自动控制仪"上设置蒸汽压力为 0kPa，调节阀即可关闭蒸汽。

（5）关闭左换热器冷流体风机 待左换热器的出口温度降至 50℃ 时，关闭仪表操作台上"左换热器冷流体风机电源"开关，关闭左换热器冷流体风机电源。

（6）关闭右换热器冷流体风机 待右换热器的出口温度降至 50℃ 时，关闭仪表操作台上"右换热器冷流体风机电源"开关，关闭右换热器冷流体风机电源。

五、实验数据记录

实验数据记录表如表 4-13 所示。

表 4-13 实验数据记录表

班级_____；姓名_____；学号_____；换热器名称_____；环境温度_____℃

流体流动方式	热流体			冷流体		
	进口温度/℃	出口温度/℃	流量计读数/(L/h)	进口温度/℃	出口温度/℃	流量计读数/(L/h)
顺流						
逆流						

复习思考题

1. 启动总电源，指示灯不亮，为什么？

2. 分电源开关启动时有的指示灯不亮，并且仪表不工作，为什么？

3. 当调节电流时，电流表指针不动，为什么？

4. 如果控温不准或波动较大，应将仪表参数"CTRL"设置为2，令仪表重新进行控制参数自整定。

5. 根据实验结果分析如何强化传热？

6. 冷风、水蒸气进出口温度读数异常，为什么？

7. 影响对流传热系数的因素有哪些？

任务三 筛板精馏单元技能训练

一、实训目标

1. 知识性目标

① 掌握精馏分离过程的原理和流程，精馏塔的操作及影响因素；

② 了解筛板塔流体力学性能（塔板压降、液泛、漏液、雾沫夹带）；

③ 了解板式塔的结构与类型（泡罩塔、筛板塔、浮阀塔、喷射塔）；

④ 掌握精馏塔物料衡算与操作线方程、q 线方程的物理意义；

⑤ 掌握双组分连续精馏塔理论板数确定、实际塔板数的确定；

⑥ 掌握最小回流比计算、回流比影响及适宜回流比选择原则；

⑦ 掌握灵敏板的确定、温度的控制及各个参数对灵敏板温度的影响；

⑧ 了解塔压降、塔顶冷凝剂量、进料大小和组分变化、塔底采出量大小、进料口位

置变化等因素对塔操作的影响；

⑨ 了解塔釜再沸器电加热、导热油加热等不同的加热方式和水冷、风冷等不同的冷却方式；

⑩ 了解安全及环境保护知识，消防知识相关法律、法规知识。

2. 技能性目标

① 能识读精馏岗位的工艺流程图、设备示意图、设备的平面图和设备布置图；

② 能根据生产任务进行最小回流比的计算及适宜回流比的选择；

③ 学会做好开车前的准备工作；

④ 能独立地进行精馏岗位开停车操作；

⑤ 能按要求进行正常开车及紧急停车操作；

⑥ 能及时掌握设备的运行情况，随时发现、判断及处理各种异常现象；

⑦ 能进行全回流操作，通过观测仪表对全回流操作的稳定性作出正确的判断。

⑧ 能进行部分回流操作，通过观测仪表对部分回流操作的稳定性作出正确的判断；

⑨ 能应用计算机对现场数据进行采集、监控；

⑩ 能正确使用设备、仪表，及时进行设备、仪器及仪表的维护与保养；

⑪ 能正确填写生产（实验）记录，及时分析各种数据。

二、实训原理

1. 精馏的基本原理

精馏分离是根据溶液中各组分挥发度（或沸点）的差异，使各组分得以分离。其中较易挥发的称为易挥发组分（或轻组分），较难挥发的称为难挥发组分（或重组分）。它通过汽、液两相的直接接触，使易挥发组分由液相向汽相传递，难挥发组分由汽相向液相传递，是汽、液两相之间的传递过程。

现取第 n 板，以图 4-42 为例来分析精馏过程和原理。塔板的形式有多种，最简单的一种是板上有许多小孔（称筛板塔），每层板上都装有降液管，来自下一层（$n+1$ 层）的蒸汽通过板上的小孔上升，而上一层（$n-1$ 层）来的液体通过降液管流到第 n 板上，在第 n 板上汽液两相密切接触，进行热量和质量的交换。进、出第 n 板的物流有四种：

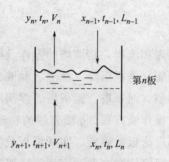

图 4-42 第 n 板质量和热量衡算

① 由第 $n-1$ 板溢流下来的液体量为 L_{n-1}，其组成为 x_{n-1}，温度为 t_{n-1}；

② 由第 n 板上升的蒸汽量为 V_n，组成为 y_n，温度为 t_n；

③ 从第 n 板溢流下去的液体量为 L_n，组成为 x_n，温度为 t_n；

④ 由第 $n+1$ 板上升的蒸汽量为 V_{n+1}，组成为 y_{n+1}，温度为 t_{n+1}。

因此，当组成为 x_{n-1} 的液体及组成为 y_{n+1} 的蒸汽同时进入第 n 板，由于存在温度差和浓度差，汽液两相在第 n 板上密切接触进行传质和传热的结果会使离开第 n 板的汽液两相平衡（如果为理论板，则离开第 n 板的汽液两相成平衡），若汽液两相在板上的接触时间长，接触比较充分，那么离开该板的汽液两相相互平衡，通常称这种板为理论板（y_n，x_n 成平衡）。精馏塔中每层板上都进行着与上述相似的过程，其结果是上升蒸汽中易挥发组分浓度逐渐增高，而下降的液体中难挥发组分越来越浓，只要塔内有足够多的塔板数，就可使混合物达到所要求的分离纯度（共沸情况除外）。

加料板把精馏塔分为二段，加料板以上的塔，即塔上半部完成了上升蒸汽的精制，即除去其中的难挥发组分，因而称为精馏段。加料板以下（包括加料板）的塔，即塔的下半部完成了下降液体中难挥发组分的提浓，除去了易挥发组分，因而称为提馏段。一个完整的精馏塔应包括精馏段和提馏段。

2. 精馏的有关计算式

（1）汽液平衡线方程

$$y = \frac{\alpha x}{1+(\alpha-1)x} \tag{4-23}$$

（2）全塔物料衡算

$$F = D + W \tag{4-24}$$

$$Fx_F = Dx_D + Wx_W \tag{4-25}$$

式中　F——原料液流量，kmol/h；

　D——塔顶产品（馏出液）流量，kmol/h；

　W——塔底产品（釜残液）流量，kmol/h；

　x_F——原料液中易挥发组分的摩尔分数；

　x_D——塔顶产品中易挥发组分的摩尔分数；

　x_W——塔底产品中易挥发组分的摩尔分数。

（3）操作线方程

$$y_{n+1} = \frac{R}{R+1}x_n + \frac{x_D}{R+1} \tag{4-26}$$

$$y'_{m+1} = \frac{L+qF}{L+qF-W}x'_m - \frac{Wx_W}{L+qF-W} \tag{4-27}$$

式中，R 为操作回流比；F 为进料摩尔流率；W 为釜液摩尔流率；L 为提馏段下降液体的摩尔流率；q 为进料的热状态参数，部分回流时，进料热状况参数的计算式为：

$$q = \frac{c_{pm}(t_{BP}-t_F)+r_m}{r_m} \tag{4-28}$$

式中　t_F——进料温度，℃；

　t_{BP}——进料的泡点温度，℃；

　c_{pm}——进料液体在平均温度（t_F+t_{BP})/2 下的比热容，kJ/(kmol·℃)；

r_{m}——进料液体在其组成和泡点温度下的汽化热，kJ/kmol。

$$c_{\mathrm{pm}}=c_{\mathrm{p1}}M_1x_1+c_{\mathrm{p2}}M_2x_2 \tag{4-29}$$

$$r_{\mathrm{m}}=r_1M_1x_1+r_2M_2x_2 \tag{4-30}$$

式中　c_{p1}，c_{p2}——分别为纯组分 1 和组分 2 在平均温度下的比热容，kJ/(kg・℃)；

　　　　r_1，r_2——分别为纯组分 1 和组分 2 在泡点温度下的汽化热，kJ/kg；

　　　　M_1，M_2——分别为纯组分 1 和组分 2 的摩尔质量，kg/kmol；

　　　　x_1，x_2——分别为纯组分 1 和组分 2 在进料中的摩尔分数。

（4）两操作线交点轨迹方程

$$y=\frac{q}{q-1}x-\frac{x_F}{q-1} \tag{4-31}$$

（5）适宜回流比选择　在精馏设计计算中，一般不进行经济核算，操作回流比常采用经验值。根据生产数据统计，适宜回流比的数值范围一般取为

$$R=(1.1\sim2.0)R_{\min} \tag{4-32}$$

$$R_{\min}=\frac{x_{\mathrm{D}}-y_{\mathrm{q}}}{y_{\mathrm{q}}-x_{\mathrm{q}}} \tag{4-33}$$

应予指出，在精馏操作中，回流比是重要的调控参数，R 值的选择与产品质量及生产能力密切相关。

（6）最小回流比的确定　如图 4-43 所示。

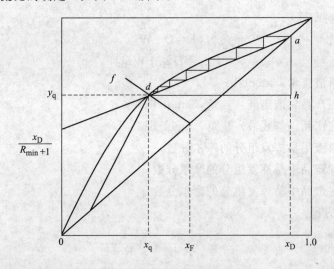

图 4-43　最小回流比的确定

3. 理论板和实际塔板数

精馏操作涉及汽、液两相间的传热和传质过程。塔板上两相间的传热速率和传质速率不仅取决于物系的性质和操作条件，而且还与塔板结构有关，因此它们很难用简单方程加以描述。引入理论板的概念，可使问题简化。

所谓理论板，是指在其上汽、液两相都充分混合，且传热和传质过程阻力为零的理想化塔板。因此不论进入理论板的汽、液两相组成如何，离开该板时汽、液两相达到平衡状态，即两温度相等，组成互相平衡。

实际上，由于板上汽、液两相接触面积和接触时间是有限的，因此在任何形式的塔板上，汽、液两相难以达到平衡状态，即理论板是不存在的。理论板仅用作衡量实际板分离效率的依据和标准。通常，在精馏计算中，先求得理论板数，然后利用塔板效率予以修正，即求得实际板数。引入理论板的概念，对精馏过程的分析和计算是十分有用的。

对于二元物系，如已知其汽液平衡数据，则根据精馏塔的原料液组成，进料热状况，操作回流比及塔顶馏出液组成，塔底釜液组成可由图解法或逐板计算法求出该塔的理论板数 N_T。按照下式可以得到总板效率 E_T，其中 N_P 为实际塔板数。

$$E_T = \frac{N_T - 1}{N_P} \times 100\% \tag{4-34}$$

根据精馏原理可知，单有精馏塔还不能完成精馏操作，必须同时有塔底再沸器和塔顶冷凝器，有时还要配原料液预热器、回流液泵等附属设备，才能实现整个操作。再沸器的作用是提供一定量的上升蒸汽流，冷凝器的作用是提供塔顶液相产品及保证有适宜的液相回流，因而使精馏能连续稳定地进行。

4. 蠕动泵的工作原理

通过对泵的弹性输送软管交替进行挤压和释放来泵送流体。就像用两根手指夹挤软管一样，随着手指的移动，管内形成负压，液体随之流动。蠕动泵就是在两个转辊子之间的一段泵管形成"枕"形流体。"枕"的体积取决于泵管的内径和转子的几何特征。流量取决于泵头的转速与"枕"的尺寸、转子每转一圈产生的"枕"的个数这三项参数之乘积。"枕"的尺寸一般为常量（泵送黏性特别大的流体时除外）。拿转子直径相同的泵相比较，产生较大"枕"体积的泵，其转子每转一圈所输送的流体体积也较大，但产生的脉动度也较大。这与膜阀的情形相似。而产生较小"枕"体积的泵，其转子每转一圈所输送的流体体积也较小，而且，快速、连续地形成的小"枕"使流体的流动较为平稳。这与齿轮泵的情形相似。

蠕动泵的优越性：具有双向同等流量输送能力；无液体空运转情况下不会对泵的任何部件造成损害；能产生达98%的真空度；没有阀、机械密封和填料密封装置，也就没有这些产生泄漏和维护的因素；能轻松地输送固、液或气液混合相流体，允许流体内所含固体直径达到管状元件内径40%；可输送各种具有研磨、腐蚀、氧敏感特性的物料及各种食品等；仅软管为需要替换的部件，更换操作极为简单；除软管外，所输送产品不与任何部件接触。

蠕动泵的局限性：用柔性管，会使承受压力受到限制；泵在运作时会产生一个脉冲流。

三、实训装置

1. 实训装置介绍

本装置（见图4-44）以乙醇-水体系为运行介质，塔顶产品乙醇浓度不低于92%。由精馏对象、检测传感控制装置、仪表电控系统、分析仪器单元组成。精馏对象包括筛板精馏塔、再沸器、原料罐、成品罐、回流罐、冷凝循环水箱、进料余热预热器、进料温度加热器、塔顶列管换热器、塔底产品冷凝器、附属管道及阀门、不锈钢离心泵、计量泵、循环泵、真空泵等。本装置包括以下实训岗位。

① 间歇精馏岗位。再沸器温控操作；塔釜液位测控操作；采出液浓度与产量联调操作。

② 连续精馏岗位。全回流全塔性能测定；连续进料下部分回流操作；回流比调节；冷凝系统水量及水温调节；进料预热系统调节；塔视镜及分配罐状况控制。

图 4-44　精馏实训装置

③ 精馏现场工控岗位。再沸器温控操作；塔釜液位测控操作；采出液浓度与产量联调操作；冷凝系统水量及水温调节；进料预热系统调节；塔视镜及分配罐状况控制。

④ 质量控制岗位。全塔温度/浓度分布检测，全塔、各液相检测点取样分析操作，塔流体力学性能及筛板塔气液鼓泡接触控制。

⑤ 化工仪表岗位。增压泵、微调转子流量计、变频器、差压变送器、热电阻、无纸记录仪、声光报警器、调压模块及各类就地弹簧指针表等的使用；单回路、串级控制和比值控制等控制方案的实施。

⑥ 就地及远程控制岗位。现场操作报表的制作、记录，现场控制台仪表与微机通讯，实时数据采集及过程监控，总控室控制台 DCS 与现场控制台通信，各操作工段切换、远程监控、流程组态的上传下，装置操作报表的制作与填写等。

⑦ 分析化验岗位。能进行气相色谱分析及化学分析实训。

2. 实训装置功能（见表 4-14）

3. 工艺流程

精馏实训装置工艺流程如图 4-45 所示。

表 4-14　精馏实训装置功能

项　目	基本理论及专业课程的实验教学
实训教学	1. 了解板式精馏塔的结构、工作原理、基本结构及物料流程； 2. 通过高硼硅玻璃观察塔板上气-液传质过程全貌； 3. 学会和掌握测定筛板式精馏塔的全塔效率和单板效率； 4. 以完成全回流和部分回流各种条件下精馏操作实验； 5. 掌握精馏塔的操作及观察和测定筛板精馏塔中灵敏塔板的温度变化； 6. 了解精馏塔控制时需要检测及控制的参数、检测位置、检测传感器及控制方法； 7. 掌握精馏塔智能仪表控制系统软硬件控制知识
实训功能	操作实训内容
开车准备	1. 工艺流程图的识读； 2. 熟悉现场装置及主要设备、仪表、阀门的位号、功能、工作原理和使用方法； 3. 按照要求制定操作方案； 4. 检查流程中各设备、管线、阀门是否处于正常开车状态； 5. 引入公用工程(水、电、汽)并确保正常； 6. 装置上电,检查各仪表状态是否正常及动设备试车
开车	按正确的开车步骤开车,调节精馏塔达到平衡点
正常操作	1. 能改变进料流量、塔釜温度到指定值并重新建立正常操作； 2. 按要求巡查各温度、压力、流量并做好记录,能及时判断各指标否正常； 3. 按照要求巡查动设备(水泵)的运行状况,确认并做好记录； 4. 观察正常操作精馏塔的操作状况,并指出可能影响其正常操作的因素； 5. 能按正常操作调节进料流量及塔釜温度； 6. 能测定精馏塔的全塔效率
停车	1. 按正常的停车步骤停车； 2. 检查停车后各设备、阀门、储液罐的状态,确认后做好记录
事故处理	1. 会观察、分析因溢泛引起的系统操作异常并恢复至正常操作状态； 2. 通过玻璃视盅观察塔板上气-液传质过程全貌、分析精馏塔系统操作异常并恢复至正常操作状态； 3. 会观察塔板汽液接触状况及塔中灵敏板温度变化； 4. 会观察、分析因进料温度变化引起的系统工况变化； 5. 会观察、分析因回流量变化引起的系统工况变化； 6. 会观察、分析因进料浓度变化引起的系统工况变化； 7. 会观察、分析因进料位置变化引起的系统工况变化
设备维护	1. 设备的开停车操作及日常维护； 2. 精馏塔的构造、工作原理、正常操作及维护； 3. 主要阀门的位置、类型、构造、工作原理、正常操作及维护
控制仪表	1. 温度、压力显示仪表及流量控制仪表的正常使用； 2. 控制执行装置变频器、调压器的正常使用； 3. 控制精馏塔需要检测及控制的参数、检测位置、检测传感器及控制方法

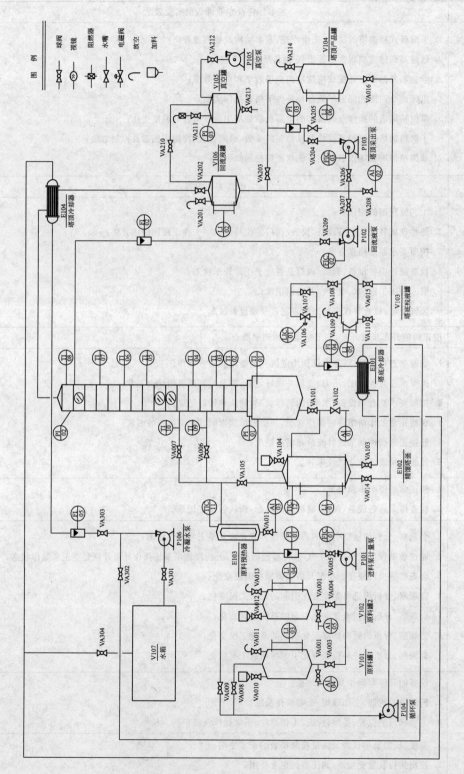

图 4-45　精馏实训装置工艺流程图

4. 精馏实训设备配置单（见表 4-15）

表 4-15　精馏实训设备配置单

序号	符号	名称	序号	符号	名称
1	AI01	塔釜取样口	51	VA004	原料罐 2 出口阀
2	AI02	成品取样口	52	VA005	进料泵出口阀
3	AI03	进料取样口	53	VA006	精馏塔 1 号进料口阀门
4	AI04	原料 1 取样口	54	VA007	精馏塔 2 号进料口阀门
5	AI05	原料 2 取样口	55	VA008	原料罐 1 进口阀
6	TI01	塔釜温度	56	VA009	原料罐 2 进口阀
7	TI02	第十五层塔板温度	57	VA010	原料罐 1 加料阀
8	TI03	第十四层塔板温度	58	VA011	原料罐 1 放空阀
9	TI04	第十二层塔板温度	59	VA012	原料罐 2 加料阀
10	TI05	第八层塔板温度	60	VA013	原料罐 2 放空阀
11	TI06	第五层塔板温度	61	VA014	再沸器出口阀
12	TI07	第四层塔板温度	62	VA015	塔底残液罐出口阀
13	TI08	塔顶温度	63	VA016	产品罐出口阀
14	TI09	进料 1 温度	64	VA101	塔釜出口阀
15	TI10	进料 2 温度	65	VA102	塔釜放料阀
16	TI12	再沸器温度	66	VA103	再沸器出口阀
17	E101	塔底冷却器	67	VA104	再沸器加料阀
18	E102	精馏再沸器	68	VA105	再沸器进口阀
19	E103	原料预热器	69	VA106	残液放料电磁阀
20	E104	塔顶冷却器	70	VA107	残液放料阀
21	F01	进料流量	71	VA108	残液罐进料阀
22	F02	回流流量	72	VA109	残液罐放空阀
23	F03	成品流量	73	VA110	残液罐放料阀
24	F04	塔底残液流量	74	VA111	进料取样阀
25	F05	冷凝水流量	75	VA201	回流液罐放空阀
26	LI01	再沸器液位	76	VA202	回流液罐进口阀
27	LI02	原料罐 1 液位	77	VA203	塔顶产品罐进口阀
28	LI03	原料罐 2 位液位	78	VA204	塔顶采出泵出口阀
29	LI04	回流罐液位	79	VA205	塔顶采出泵放料阀
30	LI05	残液罐液位	80	VA206	塔顶采出泵进口阀
31	LI06	产品罐液位	81	VA207	回流液泵进口阀
32	P101	进料泵	82	VA208	回流液罐放料阀
33	P102	回流泵	83	VA209	回流液泵出口阀
34	P103	塔顶采出泵	84	VA210	回流液罐真空阀
35	P104	循环泵	85	VA211	真空罐放空阀
36	P105	真空泵	86	VA212	真空泵出口阀
37	P106	冷凝水泵	87	VA213	真空罐放料阀
38	PI01	塔釜压力	88	VA214	塔顶产品罐放空阀
39	PI02	塔顶压力	89	VA301	冷凝水泵进口阀
40	PI03	真空度	90	VA302	塔底冷却器进口阀
41	TIC11	进料温度控制	91	VA303	塔顶冷却器进口阀
42	TIC12	再沸器温度控制	92	VA304	冷却水出口阀
43	FIC01	进料流量控制	93	V101	原料罐 1
44	FIC02	回流流量控制	94	V102	原料罐 2
45	FIC03	成品采出流量控制	95	V103	塔底残液罐
46	FIC04	塔底残液流量控制	96	V104	产品罐
47	FIC05	冷凝水流量控制	97	V105	真空罐
48	VA001	原料罐 1 放料阀	98	V106	回流罐
49	VA002	原料罐 2 放料阀	99	V107	水箱
50	VA003	原料罐 1 出口阀			

5. 装置仪表及控制系统一览表（见表 4-16）

表 4-16　装置仪表及控制系统一览表

位号	仪表用途	仪表位置	规格	执行器
PI01	塔底压力	就地	指针压力表 40kPa1.5 级	无
PI02	塔底压力	就地	指针压力表 −100～40kPa1.5	无
PI03	真空罐压力	就地	指针压力表，−100kPa1.5	真空泵
TIC11	进料温度显示控制	就地＋集中	热电阻＋智能仪表 1 级	电加热管
TIC12	再沸器温度显示控制	就地＋集中	热电阻＋智能仪表 1 级	电加热管
TI09	1 号进料口温度显示	就地＋集中	热电阻＋智能仪表 1 级	无
TI10	2 号进料口温度显示	就地＋集中	热电阻＋智能仪表 1 级	无
TI08	塔顶温度显示	就地＋集中	热电阻＋智能仪表 1 级	无
TI07	第四层塔板温度显示	就地＋集中	热电阻＋智能仪表 1 级	无
TI06	第六层塔板温度显示	就地＋集中	热电阻＋智能仪表 1 级	无
TI05	第八层塔板温度显示	就地＋集中	热电阻＋智能仪表 1 级	无
TI04	第十二层塔板温度显示	就地＋集中	热电阻＋智能仪表 1 级	无
TI03	第十三层塔板温度显示	就地＋集中	热电阻＋智能仪表 1 级	无
TI02	第十四层塔板温度显示	就地＋集中	热电阻＋智能仪表 1 级	无
LI01	再沸器罐液位	就地	精度 1cm	无
LI02	回流罐罐液位	就地	精度 1cm	无
LI03	原料罐 1 液位	就地	精度 1cm	无
LI04	原料罐 2 液位	就地	精度 1cm	无
LI05	残液罐液位	就地	精度 1cm	无
LI06	产品罐液位	就地	精度 1cm	无
LIC01	再沸器液位控制	就地	精度 1cm	电磁阀
FIC01	进料流量显示控制	就地＋集中	转子流量计＋蠕动泵 1.5 级	蠕动泵
FIC02	回流流量显示控制	就地＋集中	转子流量计＋蠕动泵 1.5 级	蠕动泵
FIC03	产品流量显示控制	就地＋集中	转子流量计＋蠕动泵 1.5 级	蠕动泵
FI04	残液流量显示	就地	转子流量计 1.5 级	无
FI05	冷却水流量显示	就地＋集中	涡轮流量计＋智能仪表 1 级	无

四、实训步骤

1. 开车准备

① 检查公用工程水电是否处于正常供应状态（水压、水位是否正常，电压、指示灯是否正常）。

② 熟悉设备工艺流程图，各个设备组成部件所在位置（如加热釜、原料罐）。

③ 熟悉各取样点及温度和压力测量与控制点的位置。

④ 配料

a. 如果是第一次配料，关闭阀门 VA001、VA002、VA003、VA004，打开阀门 VA010、VA011、VA012、VA013，按体积浓度 15％在容器中配好料，倒入原料罐 1 中，按体积浓度 20％在容器中配好料，倒入原料罐 2 中，原料罐加满。

b. 如果不是第一次做实验，打开控制柜电源，启动循环泵，把再沸器、塔底产品罐、塔顶产品罐中剩余的料打到原料罐 1 和原料罐 2 中，输送再沸器时，打开阀门 VA014、VA104。输送塔底残液罐时，打开阀门 VA015、VA109。输送塔顶产品罐时，打开阀门 VA016、VA214。输送完毕后，检验原料罐 1 和原料罐 2 中的浓度，原料罐 1 按体积浓度15％原料罐 2 按体积浓度 20％配好。

⑤ 把原料罐 1 中的物料打到再沸器中。打开原料罐 1 出口阀 VA001，放空阀 VA010，进料泵出口阀 VA005，再沸器进口阀 VA105，进料阀 VA104，关闭阀门 VA111、VA007、VA008。再沸器中料液大于 2/3 高度。

⑥ 检查阀门状态。

a. 关闭原料罐 1 的进料、加料、放空、出料阀门 VA010、VA008、VA011、VA003。

b. 关闭原料罐 2 的进料、加料、放空、出料阀门 VA009、VA012、VA013、VA004。

c. 关闭再沸器加料、进料、出料阀门 VA104、VA105、VA014、VA103。

d. 打开塔釜阀门 VA101，关闭阀门 VA102。

e. 关闭残液管进料、放空、放料、出料阀门 VA108、VA109、VA110、VA015。

f. 打开回流罐进料、放空阀门 VA202、VA201。

g. 打开回流泵进口、出口阀门 VA207、VA209。

h. 关闭取样阀门 VA208。

i. 关闭采出泵进口、出口阀门 VA206、VA204、VA205。

j. 关闭产品罐进料、出料、放空阀门 VA203、VA016、VA214。

k. 关闭真空罐进口、出口、放空阀门 VA210、VA213、VA211。

l. 关闭真空泵出口阀门 VA212。

m. 打开冷却水泵进口、出口阀门 VA301、VA302、VA303。

2. 开车操作

① 检查各个阀门的状态是否正确。

② 合上总电源开关，检查总电源电压是否正确。

③ 合上控制柜空气开关电源，启动电加热管电源。

④ 启动冷凝水泵，出口阀门 VA203。

3. 全回流

① 待回流液罐积累一定量的料液之后，打开回流泵电源，进行全回流，注意调整合适的回流流量，保持回流罐液位基本不变。回流泵控制结构图如图 4-46 所示。

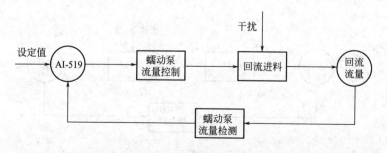

图 4-46　回流泵回流流量控制结构图

② 根据精馏塔顶冷却情况，调整冷凝水流量。

③ 全回流稳定一段时间后，可以在取样口 AI01、AI02 取样分析。

4. 部分回流

① 全回流稳定后，就可以准备进入部分回流。

② 进料操作。

a. 打开原料罐 1 放空阀、出料阀 VA011、VA003。

b. 打开进料泵出口阀 VA005。

c. 打开精馏塔 1 号进料口阀门 VA006。

d. 打开进料泵电源，设定好进料流量，开始进料，进料控制结构如图 4-47 所示。

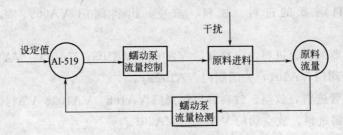

图 4-47　进料控制结构图

③ 成品泵操作。

a. 根据合适的回流比设定好成品流量，打开采出泵进口、出口阀门 VA206、VA204。

b. 打开成品罐放空阀门 VA214。

c. 打开成品泵电源，成品泵工作，成品泵控制结构图如图 4-48 所示。

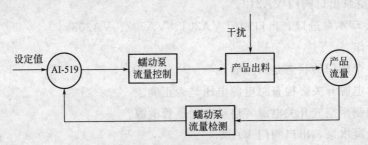

图 4-48　成品泵控制结构图

④ 进料加热操作。根据不同的进料状态设定好进料温度，启动进料电加热管加热，进料温度控制结构如图 4-49 所示。

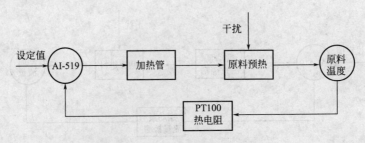

图 4-49　进料温度控制结构图

⑤ 打开再沸器出料阀门 VA103，塔底冷却器出口阀门 VA107，塔底残液罐进口、放空阀门 VA108、VA109。

⑥ 按照物料平衡慢慢调整进料流量、回流流量、成品流量、残液流量。

⑦ 取样操作。部分回流稳定一段时间后，在取样点 AI01、AI02、AI03 取出残液、进料、成品样品，化验浓度。

⑧ 关闭 1 号进料口阀门 VA09，打开 2 号进料口阀门，比较不同的进料口对精馏塔产品质量和产量的影响。

⑨ 关闭原料罐 1，打开原料罐 2，比较不同原料浓度进料对精馏塔产品质量和产量的影响。

⑩ 调整不同的回流比，比较不同的回流比对精馏塔产品质量和产量的影响。

⑪ 调试不同的进料温度，比较不同的进料状态对产品质量和产量的影响。

⑫ 关闭回流罐放空阀门 VA201、打开真空罐出口阀 VA210，真空泵出口阀门 VA212，启动真空泵电源，比较不同压力下精馏塔的操作情况。

5. 停车操作

① 按顺序关闭采出泵、进料加热、进料泵、再沸器加热。

② 待没有蒸汽上升时，关闭回流泵、冷却水泵。

③ 关闭电源。

④ 关闭原料罐、回流罐、成品罐、残液罐所有阀门。

⑤ 清理打扫卫生。

五、监控软件

① 双击运行"筛板精馏塔.MCG"，启动离心泵数据采集软件，进入组态画面，如图 4-50 所示启动软件。

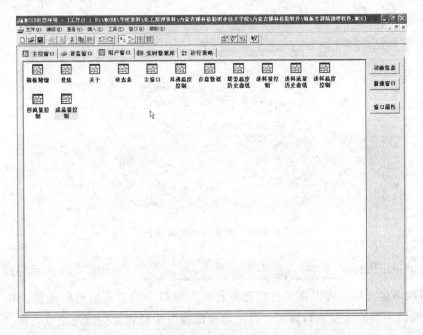

图 4-50 组态画面

② 鼠标左键单击图标 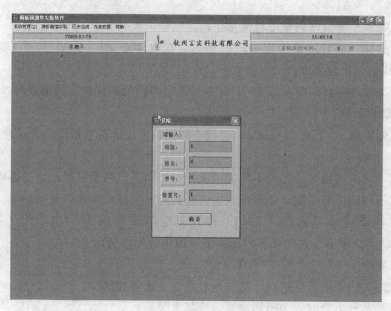，进入登录界面（图 4-51）。

图 4-51　软件登录界面

③ 输入班级、姓名、学号、装置号，左键单击"确定"进入图 4-52 所示界面。

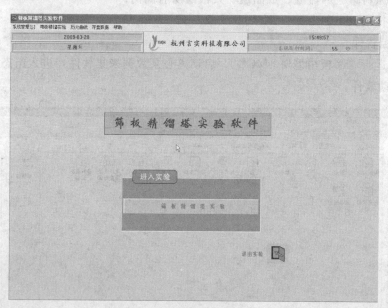

图 4-52　实训项目选择界面

④ 左键单击图标"　　　　筛　板　精　馏　塔　实　验　　　　"进入图 4-53 所示界面。

⑤ 精馏塔运行后，可以在"进料流量控制"窗口中设置改变进料流量，在"产品流量控制"窗口中设置改变原料流量，在"回流流量"中设置改变回流流量，在"再沸温度控制"窗口中设置改变再沸器温度，在"进料温度控制"窗口中设置改变进料温度。

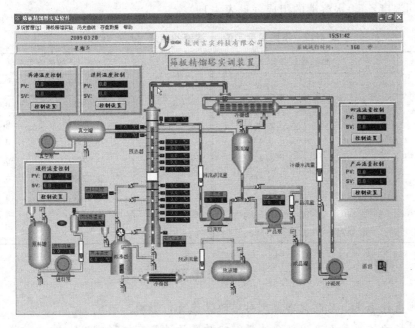

图 4-53　筛板精馏实训装置

六、记录数据

数据记录于表 4-17 中。

表 4-17　数据表

学校＿＿＿＿＿；班级＿＿＿＿＿；姓名＿＿＿＿＿；学号

设备号		塔板类型	筛板	实际塔板数	15
塔径/mm	68	原料浓度/%		进料流量	
进料温度		回流流量		成品流量	
回流比		成品浓度		残液浓度	

七、实验参考数据

1. 乙醇-水溶液体系的平衡数据（见表 4-18）

表 4-18　乙醇-水溶液体系的平衡数据

液相中乙醇的含量（摩尔分数）	汽相中乙醇的含量（摩尔分数）	液相中乙醇的含量（摩尔分数）	汽相中乙醇的含量（摩尔分数）
0.0	0.0	0.40	0.614
0.004	0.053	0.45	0.635
0.01	0.11	0.50	0.657
0.02	0.175	0.55	0.678
0.04	0.273	0.60	0.698
0.06	0.34	0.65	0.725
0.08	0.392	0.70	0.755
0.10	0.43	0.75	0.785
0.14	0.482	0.80	0.82
0.18	0.513	0.85	0.855
0.20	0.525	0.894	0.894
0.25	0.551	0.90	0.898
0.30	0.575	0.95	0.942
0.35	0.595	1.0	1.0

2. 不同温度乙醇-水溶液的组成（见表 4-19）

表 4-19 不同温度乙醇-水溶液的组成（101.3kPa）

温度/℃	乙醇的摩尔分数		温度/℃	乙醇的摩尔分数	
	x	y		x	y
95.5	0.0190	0.1700	80.7	0.3965	0.6122
89.0	0.0721	0.3891	79.8	0.5079	0.6564
86.7	0.0966	0.4375	79.7	0.5198	0.6599
85.3	0.1238	0.4704	79.3	0.5732	0.6481
84.1	0.1661	0.5089	78.74	0.6763	0.7385
82.7	0.2337	0.5445	78.41	0.7472	0.7815
82.3	0.2608	0.5580	78.15	0.8943	0.8943
81.5	0.3273	0.5826			

复习思考题

1. 其他条件不变，只改变回流比对塔的性能有何影响？

2. 进料板的位置是否可以任意选择？它对塔的性能有何影响？

3. 查取进料液的汽化潜热时定性温度如何取？

4. 进料状态对精馏塔操作有何影响？确定 q 线需测定哪几个量？

5. 塔顶冷液回流对塔操作有何影响？

6. 利用本实验装置能否得到 98%（质量分数）以上的乙醇？为什么？

7. 全回流操作在生产中有何实际意义？

8. 精馏操作中为什么塔釜压力是一个重要参数？它与哪些因素有关？

9. 操作中增加回流比的方法是什么？能否采用减少塔顶出料量 D 的方法？

任务四　吸收与解吸单元技能训练

一、实训目标

1. 知识性目标

① 了解填料塔的结构和特点；

② 了解吸收、解吸总传质系数的意义；

③ 掌握填料吸收、解吸塔的基本操作、调节方法；

④ 了解影响吸收解吸的主要因素；

⑤ 了解工业现场生产安全知识。

2. 技能性目标

① 认识吸收、解吸装置流程及各传感检测的位置、作用，各显示仪表的作用等；

② 学会做好开车前的准备工作；

③ 能按要求进行正常开车及紧急停车操作；

④ 能及时掌握设备的运行情况，随时发现、判断及处理各种异常现象；

⑤ 能应用计算机对现场数据进行采集、监控；

⑥ 能正确使用设备、仪表，及时进行设备、仪器、仪表的维护与保养；

⑦ 能完成 CO_2 吸收与解吸操作、吸收前后的浓度分析；

⑧ 能进行故障点的排除工作；

⑨ 能正确填写生产（实验）记录，及时分析各种数据。

二、实训原理

吸收解吸是石油化工生产过程中较常用的重要单元操作过程。吸收过程是利用气体混合物中各个组分在液体（吸收剂）中的溶解度不同，来分离气体混合物。被溶解的组分称为溶质或吸收质，含有溶质的气体称为富气，不被溶解的气体称为贫气或惰性气体。

溶解在吸收剂中的溶质和在气相中的溶质存在溶解平衡，当溶质在吸收剂中达到溶解平衡时，溶质在气相中的分压称为该组分在该吸收剂中的饱和蒸气压。当溶质在气相中的分压大于该组分的饱和蒸气压时，溶质就从气相溶入液相中，称为吸收过程。当溶质在气相中的分压小于该组分的饱和蒸气压时，溶质就从液相逸出到气相中，称为解吸过程。

提高压力、降低温度有利于溶质吸收；降低压力、提高温度有利于溶质解吸，正是利用这一原理分离气体混合物，而吸收剂可以重复使用。

本实训采用水吸收空气中的 CO_2 组分，由于 CO_2 气体无味、无毒、廉价，所以气体吸收实验常选择 CO_2 作为溶质组分。一般 CO_2 在水中的溶解度很小，即使预先将一定量的 CO_2 气体通入空气中混合以提高空气中的 CO_2 浓度，水中的 CO_2 含量仍然很低，所以吸收的计算方法可按低浓度来处理，并且此体系 CO_2 气体的解吸过程属于液膜控制。因此，本实验主要测定 K_{xa} 和 H_{OL}。

1. 计算公式

填料层高度 Z 为

$$Z = \int_0^Z dZ = \frac{L}{K_X a} \int_{x_1}^{x_2} \frac{dx}{x - x^*} = H_{OL} N_{OL} \tag{4-35}$$

令

$$H_{OL} = \frac{L}{K_X a \Omega} \tag{4-36}$$

$$N_{OL} = \int_{x_1}^{X_2} \frac{dX}{X^* - X} = \frac{X_1 - X_2}{(X^* - X)_m} = \frac{X_1 - X_2}{\Delta X_m} \tag{4-37}$$

（1）用对数平均推动力法求 N_{OL}

$$\Delta X_m = \frac{\Delta X_1 - \Delta X_2}{\ln \dfrac{\Delta X_1}{\Delta X_2}} \tag{4-38}$$

式中 L——液体通过塔截面的摩尔流量，$kmol/(m^2 \cdot s)$；

$K_X a$——以 ΔX 为推动力的液相总体积传质系数，$kmol/(m^3 \cdot s)$；

H_{OL}——液相总传质单元高度，m；

N_{OL}——液相总传质单元数，无量纲；

ΔX_m——液相对数平均推动力，无量纲。

式中，ΔX_1、ΔX_2 分别为 $\Delta X_1 = X_1^* - X_1$、$\Delta X_2 = X_2^* - X_2$。当 $\dfrac{1}{2} < \dfrac{\Delta X_1}{\Delta X_2} < 2$ 时，相应的对数平均推动力 ΔX_m 也可近似用算术平均推动力来代替，产生的误差小于 4%，这是工程上允许的。所以

$$N_{OL} = \frac{X_1 - X_2}{\Delta X_m} = \frac{X_1 - X_2}{\dfrac{\Delta X_1 - \Delta X_2}{\ln \dfrac{\Delta X_1}{\Delta X_2}}} = \frac{X_1^* - X_1}{\dfrac{(X_1^* - X_1) - (X_2^* - X_2)}{\ln \dfrac{X_1^* - X_1}{X_2^* - X_2}}} \tag{4-39}$$

式中　X_1^*——与 Y_1 相平衡的液相组成；

　　　X_2^*——与 Y_2 相平衡的液相组成。

(2) 解析法求 N_{OL}　令：吸收因数 $A = \dfrac{L}{mV}$，传质单元数可用解析法计算，参考 N_{OG}-$\dfrac{Y_1 - mX_2}{Y_2 - mX_2}$ 关系图求解。

$$N_{OL} = \frac{1}{1-A} \ln \left[(1-A)\frac{y_1 - mx_2}{y_1 - mx_1} + A \right] \tag{4-40}$$

2. 测定方法

① 空气流量和水流量的测定。本实验采用转子流量计测得空气和水的流量，并根据实验条件（温度和压力）和有关公式换算成空气和水的摩尔流量；

② 测定填料层高度 Z 和塔径 D；

③ 测定塔顶和塔底气相组成 y_1 和 y_2；

④ 平衡关系。

本实验的平衡关系可写成

$$y^* = mx \tag{4-41}$$

$$m = \frac{E}{p} \tag{4-42}$$

式中　y^*——与液相成平衡的气相中溶质的摩尔分数，无量纲；

　　　E——亨利系数，$E = f(t)$，Pa，根据液相温度由附录查得；

　　　p——总压，Pa；

　　　m——相平衡常数，无量纲。

相平衡常数 m 随温度、压力和物系而变化，m 数值通过实验测定，其值的大小可以判断不同气体溶解度的大小，m 值愈小，表明该气体的溶解度愈大，越有利于吸收操作。对一定的物系，m 值是温度和压力的函数。

三、实训装置

1. 装置介绍

吸收解吸实训装置（图 4-54）分为流体输送对象、控制柜、上位机、数据监控

采集软件、数据处理软件几部分。流体输送对象包括吸收塔、解吸塔、风机、水泵、储气罐、水箱、转子流量计、孔板流量计、CO_2 钢瓶、差压变送器、现场变送仪表等。

图 4-54　吸收解吸实训装置图

2. 装置功能（见表 4-20）

3. 吸收解吸工艺流程

吸收解吸实训装置工艺流程如图 4-55 所示。

（1）吸收工艺流程　水箱里的自来水经水泵加压后，经液相转子流量计、涡轮流量计后送入填料塔塔顶经喷头喷淋在填料顶层。由旋涡风机送来的空气进入气体缓冲罐后，经闸阀调节流量、通过转子流量计后，与由二氧化碳钢瓶来的二氧化碳以一定比例（一般10：1）混合后，经过孔板流量计，然后再直接进入塔底，与水在塔内填料进行逆流接触，进行质量和热量的交换，用水吸收空气中的 CO_2，由塔顶出来的尾气放空，塔底出来的吸收液进入中间储罐（供解吸的原料液）。由于本实验为低浓度气体的吸收，所以热量交换可略，整个实验过程看成是等温操作。

（2）解吸工艺流程　水箱里的水富含 CO_2 经水泵加压后，经液相转子流量计、涡轮流量计后送入填料塔塔顶经喷头喷淋在填料顶层。由旋涡风机送来的空气进入气体缓冲罐后，经闸阀调节流量、通过转子流量计、经过孔板流量计后，直接进入塔底，与水在塔内填料进行逆流接触，进行质量和热量的交换，空气解吸出水里的 CO_2，由塔顶出来的气体放空，塔底出来的解吸后的液体流进吸收液储罐（供吸收重复使用）。由于本实验为低浓度气体的吸收，所以热量交换可略，整个实验过程看成是等温操作。

表 4-20　吸收解吸实训装置功能

项　　目	基本理论及专业课程的实验教学
实验教学	1. 通过装置了解填料塔吸收/解析装置的基本流程及设备结构,能进行机泵、容器、塔器等设备操作; 2. 吸收/解吸塔既可单塔操作,也可吸收/解吸双塔联动操作; 3. 进行二氧化碳-水体系吸收、解吸实训及操作考核; 4. 进行吸收塔、解吸塔效率测定及总体积传质系数的测定,观察了解液体喷淋密度对总体积传质系数的影响; 5. 现场操作报表的制作、记录
操作实训功能	操作实训内容
开车准备	1. 流程图的识读; 2. 现场装置及主要设备、仪表、阀门的位号、功能、工作原理和使用方法; 3. 按照要求制定操作方案; 4. 公用工程的引入(水、电)并确保正常; 5. 原料(吸收质)的准备(CO_2 钢瓶及减压的使用); 6. 检查流程中各设备、管线、阀门是否处于正常开车状态; 7. 设备上电,检查各仪表状态是否正常
开车	1. 按正确的开车步骤开车; 2. 根据指令调节吸收质流量、浓度、吸收剂及解吸气流量到指定值
正常操作	1. 能改变吸收质流量、浓度、吸收剂、解吸气流量到指定值,并保持正常操作,按照要求巡查各浓度、温度、压力、流量、液位值并做好记录; 2. 按照要求巡查动设备(离心泵、鼓风机)的运行状况,确认并做好记录观察正常操作时吸收塔及解吸塔的操作状况; 3. 能按正常操作调节吸收质、吸收液、解吸气及尾气的浓度; 4. 能测定塔压降、液泛速度、体积传质系数、传质单元数和传质单元高度
停车	1. 按正常的停车步骤停车; 2. 检查停车后各设备、阀门、储罐液位、CO_2 钢瓶的状态,并做好记录
事故处理	1. 通过 DCS 系统中的工程师站观察、分析因 CO_2 流量变化导致进口混合气浓度、流量变化引起的系统操作异常并恢复至正常操作状态; 2. 通过 DCS 系统中的工程师站观察、分析因解吸气流量变化引起的异常现象并恢复至正常操作状态; 3. 通过 DCS 系统中的工程师站观察、分析因空气流量变化导致吸收质浓度、流量变化引起的系统操作异常并恢复至正常操作状态; 4. 通过 DCS 系统中的工程师站观察、分析因吸收剂流量变化引起的异常现象并恢复至正常操作状态
设备维护	1. 离心泵的开停车操作及日常维护; 2. 鼓风机的开停车操作及日常维护; 3. 空压机的开停车操作及日常维护; 4. 填料吸收及解吸塔的构造、工作原理、正常操作及维护; 5. 主要阀门(吸收塔、解吸塔底液位,氧气、空气流量调节)的操作及维护; 6. CO_2 浓度、温度、流量、压力传感器及显示仪表的正常使用及日常维护
控制仪表	1. 温度、压力显示仪表及流量控制仪表的正常使用; 2. 控制执行装置变频器的正常使用; 3. 吸收、解吸塔控制需要检测及控制的参数、检测位置、检测传感器及控制方法
监控软件	上位组态监控平台软件的熟悉、了解及使用

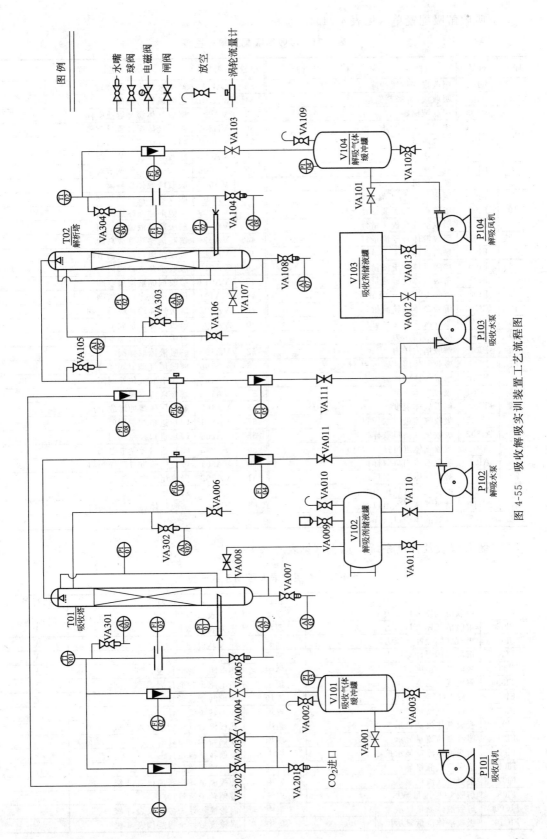

图 4-5-5　吸收解吸实训装置工艺流程图

89

4. 吸收解吸配置单（见表4-21）

表 4-21　吸收解吸配置单一览表

序号	符号	名　称	序号	符号	名　称
1	V101	吸收塔气体缓冲罐	33	AI07	解吸液体出口取样口
2	V102	吸收液、解吸剂储罐	34	VA001	吸收风机旁路阀
3	V103	吸收液储罐	35	VA002	吸收气体缓冲罐放空阀
4	V104	解吸气体缓冲罐	36	VA003	吸收气体缓冲罐排空阀
5	P101	吸收风机	37	VA004	吸收气体流量调节阀
6	P102	解吸水泵	38	VA005	吸收气体进口放空阀
7	P103	吸收水泵	39	VA006	吸收气体尾气调节阀
8	P104	解吸风机	40	VA007	吸收塔液体放料阀
9	FI01	吸收 CO_2 转子流量计	41	VA008	吸收塔底液位调节阀
10	FI02	吸收空气转子流量计	42	VA009	解吸剂储液罐进料阀
11	FI03	吸收空气孔板流量计	43	VA010	解吸剂储液罐放空阀
12	FI04	吸收液体转子流量计	44	VA011	解吸剂储液罐放料阀
13	FI05	解析液体转子流量计	45	VA012	吸收泵出口流量调节阀
14	FI06	解吸气体转子流量计	46	VA013	吸收水泵进口阀门
15	FI07	解吸气体孔板流量计	47	VA013	解吸剂储液罐放空阀
16	FI08	解吸 CO_2 转子流量计	48	VA101	解吸风机出口旁路阀
17	FIC09	解吸液体涡轮流量计	49	VA102	解吸气体缓冲罐排空阀
18	FIC10	吸收液体涡轮流量计	50	VA103	解吸气体流量调节阀
19	PI01	吸收塔内压力	51	VA104	解吸气体进口排空阀
20	PI02	解吸塔内压力	52	VA105	解吸液体取样阀
21	PI03	吸收气体缓冲罐压力	53	VA106	解吸尾气调节阀
22	PI04	解吸气体缓冲罐压力	54	VA107	解吸塔底液位控制阀
23	TI301	吸收气体温度	55	VA108	解吸塔排空阀
24	TI02	解吸气体温度	56	VA109	解吸气体缓冲罐放空阀
25	AI301	吸收气体进口取样口	57	VA201	CO_2 进口控制阀门
26	AI302	吸收尾气出口取样口	58	VA202	CO_2 进口控制阀门
27	AI02	吸收气体进口排空取样口	59	VA203	CO_2 进口控制电磁阀
28	AI03	吸收液体出口取样口	60	VA301	吸收气体进口取样阀门
29	AI304	解吸气体进口取样口	61	VA302	吸收尾气取样阀门
30	AI08	解吸气体进口排空取样口	62	VA303	解吸尾气取样阀门
31	AI303	解吸气体尾气出口取样口	63	VA304	解吸气体进口取样阀门
32	AI05	解吸液体进口取样口			

5. 装置仪表及控制系统一览表（见表4-22）

表 4-22　装置仪表及控制系统一览表

位号	仪表用途	仪表位置	规格	执行器
PI01	吸收塔气体进口压力	现场	压力表，1.5级	无
PI02	解吸塔气体进口压力	现场	压力表，1.5级	无
PI03	吸收气体缓冲罐压力	现场	压力表，1.5级	无
PI04	解吸气体缓冲罐压力	现场	压力表，1.5级	无
TI301	吸收气体温度	集中	热电阻＋智能仪表，1级	无
TI02	解吸气体温度	集中	热电阻＋智能仪表，1级	无
FI01	吸收 CO_2 流量显示	现场	玻璃转子流量计	无
FI02	吸收空气流量显示	现场	玻璃转子流量计	
FI03	吸收气体流量显示	集中	孔板流量计＋智能仪表，1级	
FI04	吸收液体流量显示	现场	玻璃转子流量计	
FI05	解吸液体流量显示控制	集中	玻璃转子流量计	
FI06	解吸空气流量显示	现场	玻璃转子流量计	
FI07	解吸空气流量显示	集中	孔板流量计＋智能仪表，1级	
FI08	解吸 CO_2 流量显示	现场	玻璃转子流量计	
FIC09	解吸液体流量显示	集中	涡轮流量计＋智能仪表，1级	
FIC10	吸收液体流量显示控制	集中	涡轮流量计＋智能仪表，1级	

6. 设备能耗一览表（见表 4-23）

表 4-23　设备能耗一览表

名　　称	额定功率/kW	名　　称	额定功率/kW
吸收风机	0.75	解吸风机	0.75
吸收水泵	0.12	解吸水泵	0.12
总计		2kW	

四、实训步骤

1. 开车准备

① 检查公用工程水电是否处于正常供应状态（水压、水位是否正常，电压、指示灯是否正常）；

② 打开 CO_2 钢瓶阀门，检测 CO_2 钢瓶减压阀压力是否正常；

③ 熟悉设备工艺流程图，各个设备组成部件所在位置；

④ 熟悉各阀门的作用及用途、温度、流量测量点、控制点的位置；

⑤ 向罐体加液前，检查罐体各阀门位置，关闭阀门 VA013、VA011，打开阀 VA010；

⑥ 打开自来水阀门，往吸收剂储液罐 V103 里加入自来水，液位到罐体的 2/3 的位置，水箱液位可通过浮球阀控制；

⑦ 测量并记录当前轻相液储罐和重相液储罐的液位。

2. 正常开车

（1）开启电源

① 在仪表操作盘台上，开启总电源开关，此时总电源指示灯亮；

② 开启仪表电源开关，此时仪表电源指示灯亮，且仪表上电。

（2）开启计算机启动监控软件

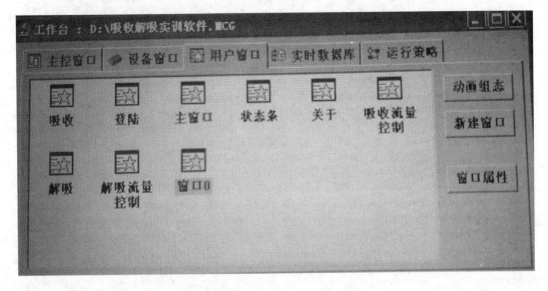

图 4-56　MCGS 组态软件组态环境

① 打开计算机电源开关，启动计算机；

② 在桌面上点击"吸收解吸实训软件"，进入 MCGS 组态环境，如图 4-56 所示；

③ 点击菜单"文件\进入运行环境"或按"F5"进入运行环境，如图 4-57 所示，输入班级、姓名、学号后，按"确定"，进入图 4-58 界面，点击"填料吸收塔单元操作实训"进入实训软件界面，如图 4-59 所示，监控软件就启动起来了。

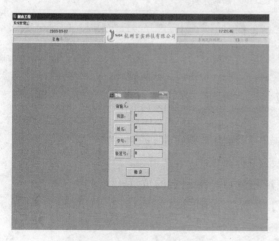

图 4-57　监控软件登录界面　　　　图 4-58　监控软件实训项目选择界面

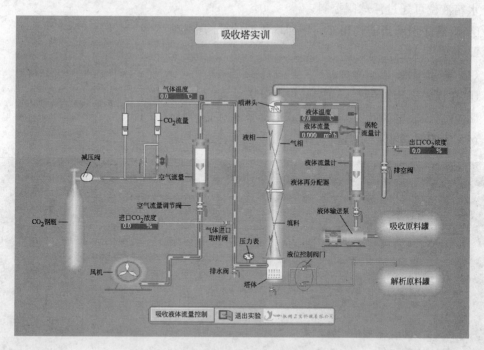

图 4-59　填料吸收塔单元操作实训软件界面

注意：

1. 吸收操作时先打开液相泵，再打开气相风机；解吸操作时先开气相风机，再开液相泵。

2. 变频器的开关要求。开变频器时先手动再自动；关变频器时先自动再手动。

④ 图 4-59、图 4-60 中，PV 表示实际测量值、SV 表示设定值、OP 表示"控制设置"，打开控制界面，如图 4-61 所示，可对控制的 PID 参数进行设置，一般不设置。

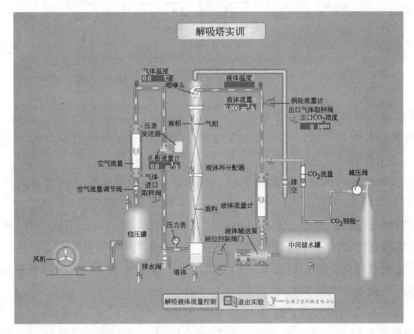

图 4-60　填料解吸塔单元操作实训软件界面

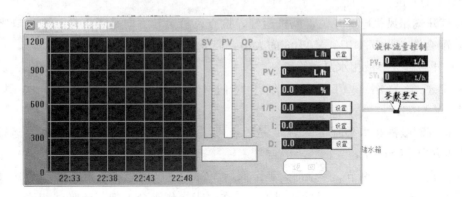

图 4-61　吸收液相流量控制窗口

（3）开启吸收塔液相水泵和管路

① 检查管路各阀门位置。打开阀门 VA012、VA014、VA008、VA010；关闭阀门 VA013、VA007、VA009、VA011。

② 检查吸收液相水泵前阀 VA012 是否打开，打开吸收液相泵电源开关，泵运转，检查泵运转方向是否正常。

③ 吸收液相流量调节。手动时调节阀门 VA104，调节吸收液相流量为 200L/h；自动调节时把阀门 VA104 逆时针开到最大，在仪表控制箱上把"吸收液相流量手自动控制仪"设到自动控制状态，仪表设定值为 200，吸收液相流量就会自动控制在 2000L/h。吸收液相流量控制结构如图 4-62 所示。

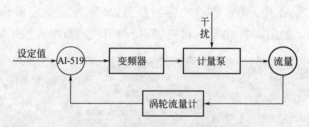

图 4-62　吸收液相流量控制结构图

（4）开启吸收塔气相风机和管路

① 检查管路各阀门位置。打开阀门 VA004、VA006；关闭阀门 VA002、VA003；调整阀 VA001 的开度。

② 打开气相风机电源开关，风机运转，检查风机运转方向是否正常（进风口吸风为正确），配合调节阀 VA001、VA004 的大小，调节吸收气相流量为 4m³/h。

（5）吸收塔底液封的调节　调节好液相流量和气相流量后，调节阀 VA008 的开度大小，调节塔底液封在塔底液体出口管到气相进风口之间，并保持稳定到 20～40mm。

注意：液封过高会使液相倒流到气相管路里去，没有液封会导致液体直接从塔底逃出吸收塔外，起不到吸收的作用。

（6）开启解吸塔气相风机和管路

① 检查管路各阀门位置。打开阀门 VA103、VA106；关闭阀门 VA102、VA109；调整阀 V101 的开度。

② 打开气相风机电源开关，风机运转，检查风机运转方向是否正常（进风口吸风为正确），配合调节阀 VA101、VA103 的大小，调节解吸气相流量为 4m³/h。

（7）开启解吸塔液相水泵和管路

① 检 查 管 路 各 阀 门 位 置。打 开 阀 门 VA110、VA111、VA107；关 闭 阀 门 VA011、VA108。

② 检查解吸液相水泵前阀 VA110 是否打开，打开吸收液相泵电源开关，泵运转，检查泵运转方向是否正常。

③ 吸收液相流量调节。手动时，调节阀门 VA111，调节吸收液相流量为 200L/h；自动调节时，把阀门 VA111 逆时针开到最大，在仪表操作盘台上把"解吸液相流量手自动控制仪"设到自动控制状态，设定仪表设定值为 200，解吸液相流量就会自动控制在 2000L/h。解吸液相流量控制结构如图 4-63 所示。

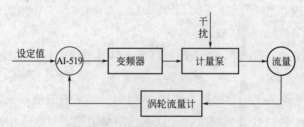

图 4-63　解吸液相流量控制结构图

（8）解吸塔底液封的调节　调节好液相流量和气相流量后，调节阀 VA107 的开度大小，调节塔底液封在塔底液体出口管到气相进风口之间，并保持稳定。

（9）实验方法

① 当操作稳定后（一般稳定 10min 左右），通过阀 VA301 取吸收气相原料样，通过 VA302 取吸收气相尾气样；通过阀 VA304 取解吸前气相样，通过阀 VA303 取解吸后气相样；

② 连到气相色谱，进样分析各气相样浓度；

③ 调整吸收、解吸液的流量到 300L/h，稳定 10min，再取一组样；

④ 进样到液相色谱，进行分析各液相样的浓度。

3. 正常停车

（1）CO_2 钢瓶停车　实验取样结束后，先关闭 CO_2 钢瓶的阀门，再逆时针方向关闭减压阀阀门。

（2）解吸液相泵停车

① 在仪表操作台上，对"解吸液相流量手自动控制仪"上，把解吸液相流量设定值设定为 0，让解吸液相泵停止转动；

② 关闭"解吸水泵电源"开关。

（3）解吸风机停车　在仪表控制操作台上，关闭"解吸风机电源"开关。

（4）吸收风机停车　在仪表控制操作台上，关闭"吸收风机电源"开关。

（5）吸收液相泵停车

① 在仪表操作台上，对"吸收液相流量手自动控制仪"上，把吸收液相流量设定值设定为 0，让吸收液相泵停止转动；

② 关闭"吸收水泵电源"开关。

（6）仪表电源关闭　关闭仪表电源开关。

（7）控制柜总电源关闭　关闭总电源空气开关，关闭整个设备电源。

4. 液泛

试着加大吸收、解吸的气体和液体流量，看看在多少气体和液体流量下会液泛，观察液泛时流体在填料的状态。

五、实验数据记录

数据记录于表 4-24 中。

表 4-24　数据表

班级_____；姓名_____；学号_____；吸收气体温度_____℃；

吸收液体温度_____℃；解吸气体温度_____℃；解吸液体温度_____℃

编号	吸收气体流量	吸收液体流量	吸收气体入口CO_2浓度	吸收气体出口CO_2浓度	解吸气体流量	解吸液体流量	解吸气体入口CO_2浓度	解吸气出口CO_2浓度
1								
2								
3								
4								
5								

复习思考题

1. 吸收分离气体混合物的依据是什么？选择吸收剂的原则是什么？

2. 对一定的物系，气体溶解度与哪些因素有关？

3. 化学吸收与物理吸收的本质区别是什么？化学吸收有何特点？

4. 用水吸收混合气体中的 CO_2 是属于什么控制过程？

5. 提高其吸收速率的有效措施是什么？

6. 什么是最小液气比？简述液气比的大小对吸收操作的影响。

7. 填料的作用是什么？对填料有哪些基本要求？

8. 吸收塔内为什么有时要装有液体再分布器？

9. 实验过程中，要注意观察填料塔的液面计，液位维持多少？

10. 实验过程中，开启液体流量计时动作要缓慢，慢慢打开阀门，为什么？

11. 实验中要注意观察，若发生氨气泄漏，怎么办？

12. 在传质性能测定实验中要使用浓硫酸对塔顶气样进行置换，实验中注意什么？

任务五　转盘、脉冲填料萃取单元技能训练

一、实训目标

1. 知识性目标

① 掌握萃取过程的原理和流程、操作及影响因素；

② 了解转盘/脉冲萃取塔的构造、操作方法及填料萃取塔传质效率的强化方法；

③ 了解液-液萃取的原理及特点；

④ 掌握每米萃取高度的传质单元数、传质单元高度和萃取率的实验测定方法；

⑤ 掌握传质单元高度的测定方法及外加能量对液-液萃取塔传质单元高度的影响；

⑥ 了解安全及环境保护知识，消防知识相关法律、法规知识。

2. 技能性目标

① 能识读萃取岗位的工艺流程图、设备示意图、设备的平面图和设备布置图；

② 学会做好开车前的准备工作；

③ 能独立地进行精馏岗位开、停车操作；

④ 能按要求操作调节，进行正常开车及紧急停车操作；

⑤ 能测定不同的萃取液流量和不同的转速对萃取效率的影响；

⑥ 能及时掌握设备的运行情况，随时发现、判断及处理各种异常现象；

⑦ 能应用计算机对现场数据进行采集、监控；

⑧ 能正确使用设备、仪表，及时进行设备、仪器、仪表的维护与保养；

⑨ 能正确填写生产（实验）记录，及时分析各种数据。

二、实训原理

1. 液-液萃取的基本过程

液-液萃取操作的基本过程如图 4-64 所示。将一定量溶剂加入到被分离的原料液 F

中，所选溶剂称为萃取剂 S，要求它与原料液中被分离的组分（溶质）A 的溶解能力越大越好，而与原溶剂（或称稀释剂）B 的相互溶解度越小越好。然后加以搅拌使原料液 F 与萃取剂 S 充分混合，溶质 A 通过相界面由原料液向萃取剂中扩散，因此萃取操作也属于两相间的传质过程。搅拌停止后，将混合液注入澄清槽，两液相因密度不同而分层：一层以萃取剂 S 为主，并溶有较多的溶质 A，称为萃取相 E；另一层以原溶剂（稀释剂）B 为主，且含有未被萃取完全的溶质 A，称为萃余相 R。若萃取剂 S 和原溶剂 B 为部分互溶，则萃取相中还含有少量的 B，萃余相中亦含有少量的 S。

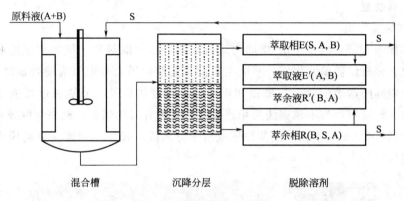

图 4-64 萃取操作示意图

由上可知，萃取操作并没有得到纯净的组分，而是新的混合液：萃取相 E 和萃余相 R。为了得到产品 A，并回收溶剂以供循环使用，尚需对这两相分别进行分离。通常采用蒸馏或蒸发的方法，有时也可采用结晶等其他方法。脱除溶剂后的萃取相和萃余相分别称为萃取液 E′ 和萃余液 R′。

2. 液-液传质设备内的传质

与精馏、吸收过程类似，由于过程的复杂性，萃取过程也被分解为理论级和级效率；或传质单元数和传质单元高度，对于转盘塔、振动塔这类微分接触的萃取塔，一般采用传质单元数和传质单元高度来处理。传质单元数表示过程分离难易的程度。

对于稀溶液，传质单元数可近似用下式来表示：

$$N_{OR} = \int_{x_2}^{x_1} \frac{\mathrm{d}x}{x - x^*} = \frac{x_F - x_R}{\Delta x_M} \tag{4-43}$$

式中　N_{OR}——萃余相为基准的总传质单元数；

　　　x——萃余相中溶质的浓度；

　　　x^*——与相应萃取浓度成平衡的萃余相中溶质的浓度；

　　　x_2，x_1——分别表示两相进塔和出塔的萃余相浓度。

传质单元高度表示设备传质性能的好坏，可由下式表示：

$$H_{OR} = \frac{H}{N_{OR}} \tag{4-44}$$

式中　H_{OR}——以萃余相为基准的传质单元高度；

　　　H——萃取塔有效接触高度。

已知塔高 H 和传质单元数 N_{OR}，可由上式来求得 H_{OR} 的数值，H_{OR} 反映萃取设备传质性能的好坏，H_{OR}越大，设备效率越低。影响萃取设备传质性能 H_{OR} 的因素很多，主要有设备结构因素、两相物性因素、操作因素以及外加能量的形式和大小的因素等。

按萃取相计算的体积总传质系数 K

$$K = \frac{q_{V,s}}{H_{OR}A} \tag{4-45}$$

式中，$q_{V,s}$ 为萃取相水的流量，A 为塔截面积。

三、实训装置

1. 实训装置介绍

本装置如图 4-65，以苯甲酸-煤油为运行介质，由萃取对象、检测传感控制装置、仪表电控系统、分析仪器单元组成。萃取主要设备是萃取塔，萃取塔为旋片旋转萃取设备。塔身为硬质硼硅酸盐玻璃管，在塔顶和塔底的玻璃管扩口处，分别通过增强酚醛压塑法兰、橡皮圈、橡胶垫片与不锈钢法兰相连接。塔内装有扁环填料，提高萃取效率。塔的上部和下部分别有 200mm 左右的延伸段形成两个分离段，轻重两相可在分离段内分离。本装置实训岗位：

图 4-65　萃取实训装置图

① 操作压缩机使压缩空气进入萃取塔，启动输送泵，将水相、煤油-苯甲酸体系输送至萃取塔，进行传质过程。

② 调控萃取塔的温度、压力、气体、水相、煤油-苯甲酸体系流量等工艺参数。

③ 定时测定萃取相和萃余相中苯甲酸含量。

④ 处理萃取过程中的异常现象和事故。

⑤ 按时记录和填写操作报表。

2. 装置功能（见表 4-25）

3. 萃取工艺流程

本转盘、脉冲填料萃取工艺流程示意如图 4-66 所示。

表 4-25 萃取实训装置功能

项　目	基本理论及专业课程的实验教学
实验教学	1. 了解转盘/脉冲萃取塔的构造和操作方法及萃取塔传质效率的强化方法； 2. 测定不同的萃取液流量对萃取效率的影响； 3. 测定不同的转速对萃取效率的影响； 4. 掌握每米萃取高度的传质单元数、传质单元高度和萃取率的实验测定方法
操作实训功能	操作实训内容
开车准备	1. 流程图的识读； 2. 熟悉现场装置及主要设备、仪表、阀门的位号、功能、工作原理和使用方法； 3. 按照要求制定操作方案； 4. 公用工程的引入(水、电)并确保正常； 5. 原料的准备(原料的配制及浓度的测定)； 6. 检查流程中各设备、管线、阀门是否处于正常开车状态； 7. 装置上电,检查各仪表状态是否正常
开车	1. 按正确的开车步骤开车； 2. 根据指令调节重相流量、转相流量到指定值,建立稳定的塔顶界面
正常操作	1. 能改变轻相流量、重相流量到指定值并重新建立正常操作； 2. 按照要求巡查各界面、温度、压力、流量液位值并做好记录； 3. 分析萃取、萃余相的浓度并做好记录,及时判断各指标是否正常； 4. 要求巡查动设备(泵)的运行状况,确认并做好记录； 5. 观察萃取塔的操作状况,并指出可能影响其正常操作的因素； 6. 能按正常操作调节萃取、萃余相的浓度； 7. 能测定体积传质系数、传质单元数和传质单元高度
停车	1. 按正常的停车步骤停车； 2. 检查停车后各设备、阀门、储罐液位的状态,确认后做好记录
事故处理	1. 会观察、分析因重相流量变化引起的系统操作异常并恢复至正常操作状态； 2. 会观察、分析因轻相流量变化引起的系统操作异常并恢复至正常操作状态； 3. 会观察、分析因物料乳化(煤油-苯甲酸-水物系)引起的异常现象并处理
设备维护	1. 磁力泵的开停车操作及日常维护； 2. 空气压缩机的开停车操作及日常维护； 3. 转盘/脉冲填料萃取塔的构造、工作原理、正常操作及维护； 4. 主要阀门(萃取塔顶界面调节;重相、轻相流量调节)的位置、类型、构造、工作原理、正常操作及维护； 5. 温度、压力显示仪表及流量控制仪表的正常使用
控制仪表	1. 温度、压力显示仪表及流量控制仪表的正常使用； 2. 控制执行装置的正常使用； 3. 了解脉冲填料萃取塔控制时需要检测及控制的参数、检测位置、检测传感器及控制方法
监控软件	上位监控平台软件的了解及使用

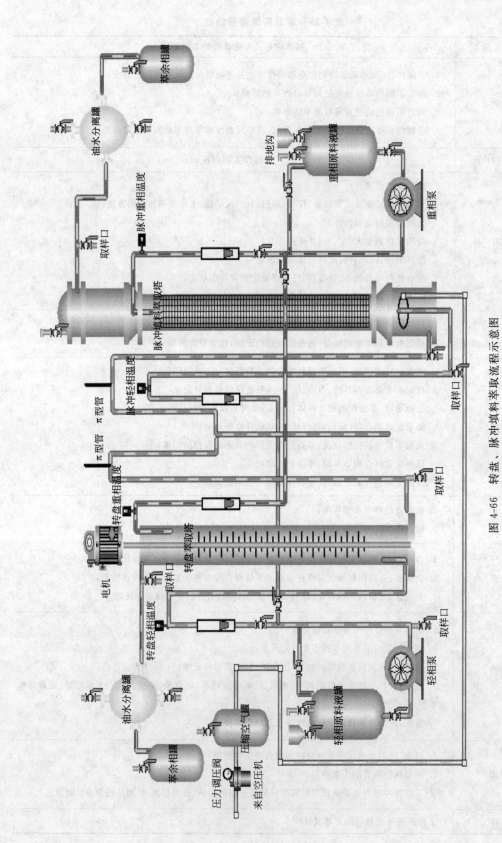

图 4-66 转盘、脉冲填料萃取流程示意图

以水为萃取剂，从煤油中萃取苯甲酸，苯甲酸在煤油中的浓度约为 0.2%。水相为萃取相（用字母 E 表示），煤油相为萃余相（用字母 R 表示）。在萃取过程中苯甲酸部分地从萃余相转移至萃取相。萃取相及萃余相的进出口浓度由容量分析法测定之。

轻相储槽内加入煤油-苯甲酸溶液至储槽正常液位，重相储槽内加入清水至储槽正常液位，启动重相泵将清水加入萃取塔内，建立萃取剂循环，然后再启动轻相泵将煤油苯甲酸溶液加入萃取塔，控制合适的塔底采出流量，控制塔底重相液位正常，塔顶相界面正常，启动压缩机往萃取塔内加入空气，加快轻-重相传质速度，逐渐加大塔底采出量，控制各工艺参数在正常范围内，分相器内轻相将采出至轻相储槽，重相采出至重相储槽。

四、实训步骤

① 实训前先根据工艺流程检查轻、重相液的管路，确认泵前阀门处于开的状态，且检查各储液罐的放空阀门是否开着。

② 将苯甲酸倒入煤油，配制饱和的煤油-苯甲酸溶液（有晶体析出），从加料漏斗加入轻相液原料罐内，处于罐体玻璃液位计 2/3 的位置。

③ 在实训装置的重相液罐内放满水，液位高度为玻璃液位计的 2/3，在实验中不够时，随时增加。

④ 先打开重相泵电源开关，让塔体内充满重相液（水），调制仪表为 20L/h，然后再打开轻相泵电源开关，调仪表为 10L/h，打开压缩空气阀门，调节压缩空气压力大小（不易过大，过大会把液体压出装置外），开始做萃取实验。

⑤ 将轻相（分散相）流量调至指定值（10L/h），并注意及时调节 π 型管的高度，控制适当的塔顶分离段的高度（油水分界面）。在实验过程中，始终保持塔顶分离段两相的相界面位于轻相出口以下。

⑥ 操作稳定 0.5h 后用锥形瓶收集轻相进、出口的样品各约 40mL，重相出口样品约50ml 备分析浓度之用。

⑦ 取样后，即可改变条件进行另一操作条件下的实验。保持油相和水相流量不变，将旋转转速或脉冲频率或空气的流量调到另一定数值，进行另一条件下的测试。

⑧ 用容量分析法测定各样品的浓度。用移液管分别取煤油相 10mL，水相 25mL 样品，以酚酞做指示剂，用 0.02mol/L 左右 NaOH 标准液滴定样品中的苯甲酸。在滴定煤油相时应在样品中加数滴非离子型表面活性剂 AES（脂肪醇聚乙烯醚硫酸酯钠盐），也可加入其他类型的非离子型表面活性剂，并激烈地摇动滴定至终点。

⑨ 实训完毕后，关闭两相流量计。将调速器调至零位，使桨叶停止转动，切断电源。滴定分析过的煤油应集中存放回收。洗净分析仪器，一切复原，保持实验台面整洁。

五、注意事项

① 必须搞清楚装置上每个设备、部件、阀门、开关的作用和使用方法，然后再进行实验操作。

② 在整个实验过程中，塔顶两相界面一定要控制在轻相出口和重相入口之间适中的位置并保持不变。

③ 由于分散相和连续相在塔顶、塔底的滞留很大，改变操作条件后，稳定时间一定要够长，大约需要 0.5h，否则误差极大。

④ 煤油的实际体积流量并不等于流量计的读数。需用煤油的实际流量数值时，必须用流量修正公式对流量计的读数进行修正后方可使用。

⑤ 煤油的流量不要太大或太小，太小会使煤油出口处的苯甲酸浓度过低，从而导致分析误差较大，太大会使煤油的消耗量增加。建议水流量取 4L/h，煤油流量取 6L/h。

复习思考题

1. 萃取操作的分离依据是什么？何谓萃取相、萃余相、萃取液、萃余液？
2. 萃取剂应如何选择？如何保证萃取操作的经济性？
3. 试讨论温度、两相密度差对萃取操作的影响。
4. 常用的萃取设备有哪些？各自特点是什么？萃取设备选择的原则是什么？

任务六　流化床干燥单元技能训练

一、实训目标

1. 知识性目标

① 了解流化床体各部件的作用、结构和特点及流化床的工作流程；
② 掌握流化床的基本操作、调节方法及主要影响因素；
③ 掌握流化床常见异常现象及处理方法；
④ 了解安全及环境保护知识，消防知识相关法律、法规知识。

2. 技能性目标

① 能识读流化床干燥工艺流程图、设备示意图、设备的平面图和设备布置图；
② 学会做好开车前的准备工作；
③ 能独立地进行干燥岗位开停车操作；
④ 能按要求操作调节，进行正常开车及紧急停车操作；
⑤ 能及时掌握设备的运行情况，随时发现、判断及处理各种异常现象；
⑥ 能应用计算机对现场数据进行采集、监控；
⑦ 能正确使用设备、仪表，及时进行设备、仪器、仪表的维护与保养；
⑧ 能正确填写生产（实验）记录，及时分析各种数据。

二、实训原理

1. 干燥过程

固体干燥是利用热能将固-液两相物系中的液相汽化，并将蒸发的液相蒸气排出物系的非均相分离。例如，将湿物料烘干，牛奶制成奶粉等。

在工业中，固体干燥有很多种方法，其中以对流干燥方法应用最为广泛。对流干燥是利用热空气或其他高温气体介质掠过物料表面，介质向物料传递热能同时物料向介质中扩散湿分，以达到去湿之目的。对流干燥过程中，同时在气固两相间发生传热和传质过程，其过程机理颇为复杂。对流干燥设备的形式多种多样，目前对干燥过程的研究仍以实验研究为主。

这里主要讨论以热空气为干燥介质、湿分为水的对流干燥过程。如图 4-67 所示，湿空气经风机送入预热器，加热到一定温度后送入干燥器与湿物料直接接触，进行传质与传热，最后废气自干燥器另一端排出。

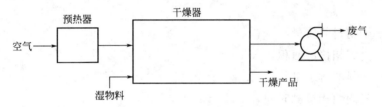

图 4-67　对流干燥流程示意图

干燥若为连续过程，物料被连续地加入与排出，物料与气流接触可以是并流、逆流或其他方式。干燥若为间歇过程，湿物料被成批放入干燥器内，达到一定的要求后再取出。干燥过程所需空气用量、热量消耗及干燥时间的确定均与湿空气的性质有关，为此，需了解湿空气的物理性质及相互关系。干燥过程进行的必要条件：

① 湿物料表面水汽压力大于干燥介质水汽分压，压差愈大，干燥过程进行得愈迅速。

② 干燥介质将汽化的水汽及时带走，以保持一定的汽化水分的推动力。

2. 干燥曲线

在流化床干燥器中，颗粒状湿物料悬浮在大量的热空气流中进行干燥。在干燥过程中，湿物料中的水分随着干燥时间增长而不断减少。在恒定空气条件（即空气的温度、湿度和流动速度保持不变）下，实验测定物料中含水量随时间的变化关系。将其标绘成曲线，即为湿物料的干燥曲线。湿物料含水量可以湿物料的质量为基准（称之为湿基），或以干物料的质量为基准（称之为干基）来表示。

当湿物料中干物料的质量为 m_c，水的质量为 m_w 时，则

以湿基表示的物料含水量为

$$w = \frac{m_w}{m_c + m_w} \tag{4-46}$$

以干基表示的湿物料含水量为

$$X = \frac{m_w}{m_c} \tag{4-47}$$

湿含量的两种表示方法存在如下关系：

$$w = \frac{X}{1 + X} \tag{4-48}$$

$$X = \frac{w}{1 - w} \tag{4-48a}$$

在恒定的空气条件下测得干燥曲线如图 4-68 所示。显然，空气干燥条件的不同干燥曲线的位置也将随之不同。

3. 干燥速率曲线

物料的干燥速率即水分汽化的速率。若以固体物料与干燥介质的接触面积为基准，则干燥速率可表示为

$$U = \frac{-m_c \mathrm{d}X}{A \mathrm{d}t} \tag{4-49}$$

若以干物料的质量为基准，则干燥速率可表示为

$$U' = \frac{-\mathrm{d}X}{\mathrm{d}t} \tag{4-50}$$

式中　m_c——干物料的质量，kg；

　　　A——气固相接触面积，m^2；

　　　X——物料的含水量，kg 水/kg 干物料；

　　　t——气固两相接触时间，也即干燥时间，s。

由此可见，干燥曲线上各点的斜率即为干燥速率。若将各点的干燥速率对固体的含水量标绘成曲线，即为干燥速率曲线，如图 4-69 所示。干燥速率曲线也可采用干燥速率对自由含水量进行标绘。在实验曲线的测绘中，干燥速率值也可近似地按下列差分进行计算：

$$U' = \frac{-\Delta X}{\Delta t} \tag{4-51}$$

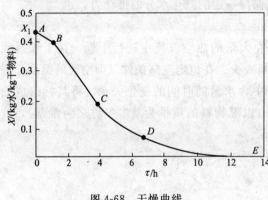

图 4-68　干燥曲线

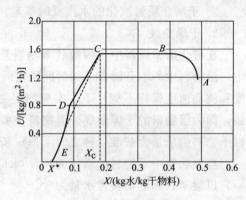

图 4-69　干燥速率曲线

4. 临界点和临界含水量

从干燥曲线和干燥速率曲线可知，在恒定干燥条件下，干燥过程可分为如下三个阶段。

（1）物料预热阶段　当湿物料与热空气接触时，热空气向湿物料传递热量，湿物料温度逐渐升高，一直达到热空气的湿球温度。这一阶段称为预热阶段，如图 4-68 和图 4-69 中的 AB 段。

（2）恒速干燥阶段　由于湿物料表面存在液态的非结合水，热空气传给湿物料的热量，使表面水分在空气湿球温度下不断汽化，并由固相向气相扩散。在此阶段，湿物料的含水量以恒定的速度不断减少。因此，这一阶段称为恒定干燥阶段，如图 4-68 和图 4-69 的 BC 段。

（3）降速干燥阶段　当湿物料表面非结合水已不复存在时，固体内部水分由固体内部向表面扩散后汽化，或者汽化表面逐渐内移，因此水分的汽化速率受内扩散速率控制，干燥速率逐渐下降，一直达到平衡含水量而终止。因此，这个阶段称为降速干燥阶段，如图 4-68 和图 4-69 中的 CDE 段。

在一般情况下，第一阶段相对于后两阶段所需时间要短得多，因此一般可略而不计，或归入 BC 段一并考虑。根据固体物料特性和干燥介质的条件，第二阶段与第三阶段的相对比较，所需干燥时间长短不一，甚至有的可能不存在其中某一阶段。

第二阶段与第三阶段干燥速率曲线的交点称为干燥过程的临界点，该交叉点上的含水量称为临界含水量。

干燥速率曲线中临界点的位置，即临界含水量的大小，受众多因素的影响。它受固体物料的特性、物料的形态和大小、物料的堆积方式、物料与干燥介质的接触状态以及干燥介质的条件（湿度、温度和风速）等因素的复杂影响。例如，同样的颗粒状固体物料在相同的干燥介质条件下，在流化床干燥器中干燥较在固定床中干燥的临界含水量要低。因此，在实验室中模拟工业干燥器，测定干燥过程临界点的临界含水量，干燥曲线和干燥速率曲线，具有十分重要的意义。

三、实训装置

1. 装置介绍

实验装置（图 4-70）分为流化床干燥实训对象、仪表操作台、上位机监控计算机、监控数据采集软件及数据处理软件几部分。

图 4-70　流化床干燥实验装置图

流化床干燥实训对象由鼓风机、负压引风机、加热油炉（含电加热装置）、导热油换热器、导热油事故罐、导热油泵、流化床、旋风分离器、旋风收尘罐、取样器、产品收集布袋、布袋除尘器、喂料机、差压变送器及现场显示变送仪表等组成。

2. 装置功能（见表 4-26）

3. 干燥工艺流程

流化床干燥实训装置流程图如图 4-71 所示。

表 4-26　流化床干燥实训装置功能

项目	基本理论及专业课程的实验教学
实验教学	1. 采用流化床干燥器测定固体颗粒物料(硅胶球形颗粒)恒定干燥条件下湿物料干燥曲线和干燥速率曲线,以及临界点和临界湿含量; 2. 测定气固体系流化床层压降与气体流速的关系,测定临界气体流速; 3. 进行旋风分离器的演示实验、布袋式除尘器操作
操作实训功能	操作实训内容
开车准备	1. 流程图的识读; 2. 熟悉现场装置及主要设备、仪表、阀门的位号、功能、工作原理和使用方法; 3. 按照要求制定操作方案; 4. 公用工程的引入(水、电)并确保正常; 5. 原料(被干燥物料)的准备(原料的配制以及含水量的测定); 6. 检查流程中各管线、阀门是否处于正常开车状态; 7. 装置上电,检查各仪表状态是否正常
开车	1. 按正确的开车步骤开车; 2. 根据指令调进料、空气流量、温度、压力到指定值
正常操作	1. 能按指令改变进料、空气流量及操作温度等参数到指定值; 2. 按照要求巡查各温度、压力、流量值并做好记录; 3. 观察正常操作中原料的变化状况以及流化床的操作状况,指出可能影响其操作的因素; 4. 按照要求巡查动设备(鼓风机、导热油泵、进料器)的运行状况; 5. 产品(被干燥后的物料)的采出及产品含水量的测定; 6. 能测定干燥速率曲线
停车	1. 按正常的停车步骤停车; 2. 检查停车后各设备、阀门的状态,确认后做好记录
事故处理	1. 观察、分析因空气流量过大或过小引起的系统操作异常并恢复至正常操作状态; 2. 观察、分析因加热介质(导热油)流量过大或过小引起的异常现象并恢复至正常操作状态
设备维护	1. 鼓风机的开停操作及日常维护; 2. 导热油泵的开停操作及日常维护; 3. 进料器的开停操作及日常维护; 4. 内热式流化床的构造、工作原理、正常操作及维护; 5. 板翅式换热器的构造、工作原理、正常操作及维护; 6. 旋风分离器的构造、工作原理、正常操作及维护; 7. 布袋除尘器的构造、工作原理、正常操作及维护; 8. 主要阀门(空气流量调节、热介质流量调节)的位置、类型、构造、工作原理、正常操作及维护; 9. 温度、压力显示仪表及流量控制仪表使用; 10. 水分测定仪的测量原理、正常使用及日常维护
控制仪表	1. 温度、压力显示仪表及流量控制仪表使用; 2. 水分测定仪的测量原理、正常使用及日常维护
监控软件	上位组态监控平台软件的了解及使用

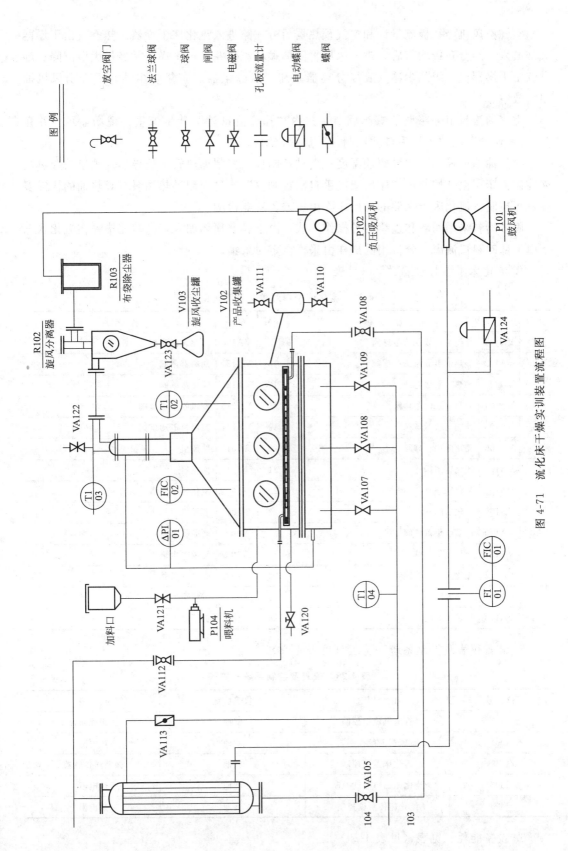

图 4-71 流化床干燥实训装置流程图

图 例

放空阀门
法兰球阀
球阀
闸阀
电磁阀
孔板流量计
电动蝶阀
蝶阀

R103 布袋除尘器
R102 旋风分离器
V103 旋风收尘罐
V102 产品收集罐
P102 负压吸风机
P101 鼓风机
P104 喂料机

加料口

107

空气由风机经孔板流量计和空气预热器后分三路进入流化床干燥器。热空气由干燥器底部鼓入，经分布板均布后，进入床层将固体颗粒流化并进行干燥、并经扩大段沉降。湿空气由干燥器经一级除尘器（旋风分离器）和二级除尘器（布袋除尘器）后经引风机抽出、放空。

空气的流量由旁路调节蝶阀调节，并由"孔板流量计"计量流量，现场显示，并在"仪表操作台"上"风量手自动控制仪"显示控制。

导热油温度控制由"导热油温度手自动控制仪"控制加热管加热导热油炉里的导热油来控制。床层温度控制由"床层温度手自动控制仪"通过控制导热油泵打导热油的快慢多少进行控制。流化床干燥器的床层压降由压差传感器检测。

固体物料采用间歇和连续两种操作方式，由干燥器顶部加入，试验完毕，在流化状态下由下部卸料口流出。分析用的试样由采样器定时采集。

4. 流化床干燥对象配置单（见表 4-27）

表 4-27　流化床干燥对象配置单一览表

序号	符号	名　称	序号	符号	名　称
1	VA101	导热油事故泵法兰球阀	15	VA120	流化床电磁阀
2	VA102	导热油事故泵法兰球阀	16	VA121	加料器闸阀
3	VA103	导热油泵法兰球阀	17	VA122	流化床闸阀
4	VA104	导热油泵法兰球阀	18	VA123	旋风收尘罐球阀
5	VA105	换热器法兰球阀	19	VA124	鼓风机电动蝶阀
6	VA106	流化床法兰球阀	20	P101	鼓风机
7	VA107	流化床闸阀	21	E101	换热器
8	VA108	流化床闸阀	22	T101	流化床干燥塔
9	VA109	流化床闸阀	23	P104	喂料机
10	VA110	产品收集器球阀	24	V102	产品收集器
11	VA111	产品收集器球阀	25	V103	旋风收尘罐
12	VA112	流化床法兰球阀	26	R102	旋风分离器
13	VA113	换热器蝶阀	27	R103	布袋除尘器
14	VA118	加热炉球阀	28	P102	负压吸尘机

5. 装置仪表及控制系统一览表（见表 4-28）

表 4-28　仪表及控制系统一览表

位　号	仪表用途	仪表位置	规　格
FI01	管道风流量控制	就地	孔板流量计
TI01	床层温度控制	就地	热电阻
△PI01	流化床差压控制	就地	微差压传感器
TI03	流化床出口温度控制	就地	热电阻
TI02	流化床体温度控制	就地	热电阻

6. 设备能耗一览表（见表 4-29）

表 4-29　设备能耗一览表

序号	设备名称	供电电压	额定功率/kW
1	鼓风机	三相 380V	2.2
2	引风机	三相 380V	1.5
3	喂料机	单相 220V	0.18
4	加热管功率	星形 220V	6
总计			10.5

四、实训步骤

1. 开机准备

① 检查公用工程水电是否处于正常供应状态（水压、水位是否正常，电压、指示灯是否正常）；

② 检查床层内及流化床加料器里变色硅胶的多少，若不够，则另取适量变色硅胶加适当量的水（硅胶颗粒既不能为蓝色，也不能有水滴出为宜），搅拌均匀后，倒入"流化床干燥器"加料漏斗里，开启喂料机，对干燥器里进行加料，若堆积在干燥器左边，则可开启送料电磁阀把堆积的料送到右边；

③ 检查总电源的电压情况是否良好。

2. 正常开车

（1）开启电源

① 在仪表操作盘台上，开启总电源开关，此时总电源指示灯亮；

② 开启仪表电源开关，此时仪表电源指示灯亮，且仪表上电。

（2）开启计算机启动监控软件

① 打开计算机电源开关，启动计算机；

② 在桌面上点击"流化床干燥实训软件"，进入 MCGS 组态环境，如图 4-72 所示。

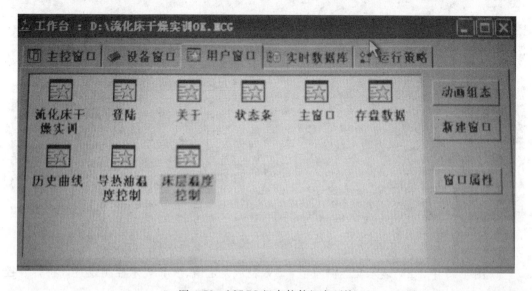

图 4-72　MCGS 组态软件组态环境

③ 点击菜单"文件\进入运行环境"或按"F5"进入运行环境，如图4-73所示，输入班级、姓名、学号后，按"确认"，进入图4-74界面，点击"流化床干燥单元操作实训"进入实训软件界面，如图4-75所示，监控软件就启动起来了。

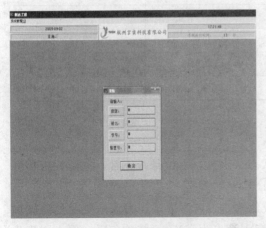 

图 4-73　监控软件登录界面　　　　　　　图 4-74　监控软件实训项目选择界面

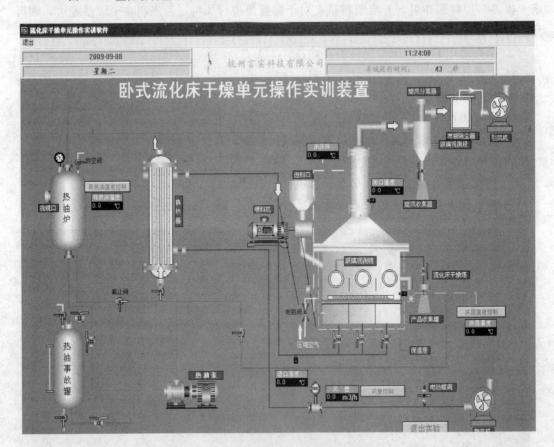

图 4-75　流化床干燥单元操作实训软件界面

④ 图4-75中，PV表示实际测量值、SV表示设定值、OP表示控制设置，将打开控制界面，如图4-76所示，可对控制的PID参数进行设置，一般不设置。

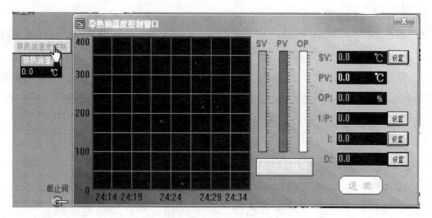

图 4-76　床层温度控制窗口

（3）开启加热管加热

① 开启风机电源；

② 启动电加热管电源，开始加热。

注意：加热时，风量不能小于 50m³/h，且停止加热时，加热管温度不能高于 50℃。

（4）干燥器里加热物料　检查床层内及流化床加料器里变色硅胶的多少，若不够，开启喂料机，对干燥器里进行加料，若堆积在干燥器左边，则可开启送料电磁阀把堆积的料送到右边。

（5）开启鼓风机及引风机

① 检查导热油炉里导热油的温度。导热油炉温度达到 80～90℃。

② 打开阀门 VA113、VA107、VA108、VA109、引风机前的阀门，调整阀门 VA122 开度为一半。

③ 开启风机电源。在仪表操作台上打开"风机电源"开关和"引风机电源"开关，启动鼓风机和引风机。

（6）调节风量

① 观察流化床干燥器里硅胶硫化的程度，设置合适的流体风量。

② 风量控制设置。在仪表操作台上"风量手自动控制仪"上设置风量设定值为 90m³/h，控制仪会自动控制风量大小。

（7）调节床层温度

① 检测各阀门。关闭阀 VA101、VA104，打开阀门 VA102、VA105、VA106、VA112。

② 启动导热油泵。在仪表操作台上启动"导热油泵电源"启动按钮，启动导热油泵。

③ 床层温度调节。在仪表操作台"床层温度手自动控制仪"上设置床层温度设定值为 70℃，"床层温度手自动控制仪"会自动控制加热管的功率来控制床层温度。

（8）取样

① 保持打开阀门 VA111。

② 准备好取样容器，隔 5min 打开阀 VA110 进行取样，取样后用水分分析仪分析水分，并记录结果。

（9）干燥过程

① 床层温度达到 50～60℃后，启动秒表，每隔 5min，打开阀门 VA110 取样放到干燥器皿中，把干燥器皿编号，用水分分析仪分析水分，并记录结果。

② 当干燥塔内变色硅胶变为蓝色，且取样后水分连续 3 次不变化时，干燥完成。

（10）卸料　打开干燥器右端的卸料阀，同时开启送料电磁阀电源，让压缩空气把床层上的产品（蓝色硅胶）从卸料阀里卸到产品布袋里，完成实验。

3. 正常关机

（1）停止加热管加热

① 在仪表操作台上"床层温度手自动控制仪"上设定值为 0℃。

② 在仪表操作台上按下"加热管电源"停止按钮，停止加热管加热。

（2）停止风机及引风机

① 在仪表操作台上关闭"风机电源"开关，停止风机的运行。

② 在仪表操作台上关闭"引风机电源"开关，停止引风机运行。

（3）仪表电源关闭

（4）控制柜总电源关闭

五、实验数据记录

实验数据记录于表 4-30 中。

表 4-30　实验数据

班级_____；姓名_____；学号_____；风量_____ m³/h；

床层温度_____℃；流化床进口温度_____℃；流化床出口温度_____℃

编号	时间	干燥前毛重/g	干燥后毛重/g	干燥后净重/g	器皿重量/g	含水量/g
1						
2						
3						
4						
5						
6						
7						
8						
9						
10						

任务七　高速离心喷雾干燥单元技能训练

一、实训目标

1. 知识性目标

① 了解喷雾干燥各部件的作用、结构和特点及流化床的工作流程；

② 掌握喷雾干燥的基本操作、调节方法及主要影响因素；

③ 掌握喷雾干燥常见异常现象及处理方法；

④ 掌握喷雾干燥智能仪表控制系统的软硬件控制知识；

⑤ 了解安全及环境保护知识、消防知识、相关法律和法规知识。

2. 技能性目标

① 能识读喷雾干燥工艺流程图、设备示意图、设备的平面图和设备布置图；

② 学会做好开车前的准备工作；

③ 能独立地进行干燥岗位开、停车工艺操作；

④ 能按要求操作调节，进行正常开车及紧急停车操作；

⑤ 能及时掌握设备的运行情况，随时发现、判断及处理各种异常现象；

⑥ 能应用计算机对现场数据进行采集、监控；

⑦ 能正确使用设备、仪表，及时进行设备、仪器、仪表的维护与保养；

⑧ 能正确填写生产（实验）记录，及时分析各种数据。

二、实训原理

1. 喷雾干燥的过程

喷雾干燥是使液态物料经过喷嘴喷雾进入热的干燥介质中使之转变成干粉的过程，这是一种将成型、干燥综合为一个过程的单元操作。喷雾干燥技术已经有一百多年的历史，它从用于制作蛋粉和奶粉开始，到现在为止，已在化学、食品、医药、农药、陶瓷、水泥、水产、林业、冶金等许多工业部门被普遍采用。喷雾干燥不仅可以和流化干燥组合使用，还可以和冷冻干燥、微波干燥等其他干燥方法相结合，使其适用面更为广泛。目前，喷雾技术处于快速发展过程中，已应用到喷雾冷却造型、喷雾萃取、喷雾反应和吸收、喷雾热分解、喷雾涂层造粒等方面。一般喷雾干燥包括四个阶段：

① 料液雾化；

② 雾群与热干燥介质接触混合；

③ 雾滴的蒸发干燥；

④ 干燥产品与介质分离。

料液的形式可以是溶液、悬浮液、乳状液等，可以用泵输送，干燥产品可以是粉状或经过团聚的粗颗粒。

2. 喷雾干燥的形式

我国常用的雾化形式有三种：气流式喷嘴雾化、压力式喷嘴雾化、旋转式雾化。雾化形式的选择取决于料液的性质和最终产品所要求的特性。雾化形式在喷雾干燥中占据十分重要的作用，对于各种喷嘴的改进工作一直是喷雾干燥的研究重点。

（1）气流式喷嘴雾化　是利用压缩空气（或水蒸气）以高速从喷嘴喷出，借助于空气（或蒸气）、料液两相间相对速度的不同产生的摩擦力，把料液分散成雾滴。

（2）压力式喷嘴雾化　是利用压力泵将料液从喷嘴孔内高压喷出，将压力能转化为动能，与干燥介质接触分散成雾滴。压力式喷嘴雾化能生产小颗粒状物料，可减少细粉飞扬，提高干粉的回收率，且喷嘴结构简单，加工方便，对产品污染小，在工业上有较广的应用。

（3）旋转式雾化（也称离心式雾化）　是料液经高速旋转的盘或轮，在离心力作用下，从盘活轮边缘甩出，与周围介质接触形成料雾。

以上三种雾化形式各有特色，主要依据喷雾干燥的料液形状和对产品的要求等来选择雾化形式。喷雾干燥的产品采用旋风分离器、湿式除尘器和袋式除尘器等设备加以回收。

3. 喷雾干燥的影响因素

（1）料液的密度　料液的密度过低，就会造成喷雾干燥速度慢，产量少，达不到生产省时、省力的目的；若密度过高，浓缩液的黏性过强，在喷雾干燥过程中造成黏壁，达不到喷雾干燥的目的。

（2）料液的温度　料液在室温进行喷雾干燥，达到稳定状态，如果提高浓缩的温度，就会发现喷雾干燥雾化速度加快，需增加浓缩液的流量才能保持喷雾干燥稳定状态。因此，在生产的范围内，浓缩液的温度越高，喷雾干燥的速度就越快，产量就越多。

（3）料液的黏度　料液的黏度大小直接影响到喷雾干燥过程的进行，很多料液由于黏度过大造成干燥过程中的黏壁、产品不能进行雾化、最终产品的外观质量差等现象。调节黏度的方法与调节密度的方法基本一致，不过影响因素更为复杂。

三、实训装置

1. 工艺流程

实训室中最常用的是双流式（气流式）喷嘴雾化器。它有气体和料浆液流动的两个通道。在流体出口，气体以高速流动，造成相当高的气液相对流速。气体流出时与液膜发生摩擦、撕裂，被分散成雾滴，随着高速气流喷出，液滴由于表面张力的作用而收缩成微球，与热风接触后溶剂挥发而干燥。喷雾干燥实验工艺流程图如图 4-77 所示。

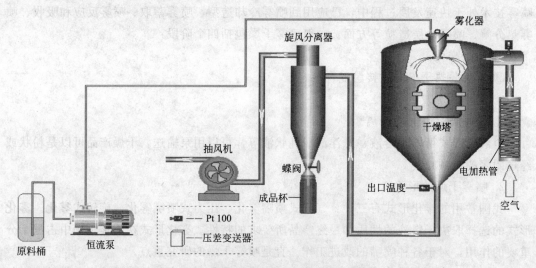

图 4-77　高速离心喷雾干燥机流程示意图

2. 实训参数范围

进口温度范围：250～300℃；

出口温度范围：100～110℃；

进料流量：7r/min；

调压阀压力：0.3MPa。

四、实训步骤

① 开启鼓风机并调节进风量，开启加热器并调节温度至 250～300℃。

② 待出口温度稳定在 100℃ 左右后，打开"电动喷头电源"开关，让喷头工作，调节一定的变频器频率，让雾化头在高压下高速旋转。

③ 小心将雾化头从塔顶放入，注意不要让雾化头碰撞到硬物，否则会损坏雾轴（雾化器是非常精密的仪器）。

④ 将蠕动泵的吸管放入去离子水桶中，开启蠕动泵将水送入喷嘴，调节蠕动泵流量，使其转速为 7～10r/min。

⑤ 把喷嘴的进风压力控制在 0.3MPa 后，将蠕动泵的吸管插入装有预先配制好的含固率为 10% 的料浆，经过片刻，旋风分离器内有微球粉末出现。记录加热电压、加料速度、塔顶进口温度、塔底出风温度及风速。

⑥ 实验完成，将雾化头小心从塔顶取出，并用清水将其清洗干净。

⑦ 停止加热，吹冷风冷却。让塔顶进口温度降至 100℃ 以下时，关闭风机电源，打开前盖，清扫塔壁，最终收集样品称重，并计算收率。

五、数据处理

1. 原始数据记录表（表 4-31）

表 4-31　原始数据记录表

实验者：	喷雾干燥塔高度： 塔直径：		空气相对湿度： 气温：
水的比热容			
料浆含固率			
料浆桶初始重量			
吸完后料浆桶重量			
收集产品质量			
开始加料时间			
加料完毕后时间			
产品含水量			

风机流量计读数		进料前	进料后	开始进料后每 10min 记一次
风机入口	大气干球温度			
	大气湿球温度			
塔低进口空气温度				
塔顶出口空气温度				
进流量计前空气温度				
料浆进口温度				
料浆进料流量				
干燥物料出口温度				
加热器电压				
加热器功率				

2. 进口空气湿度计算

空气湿度 H 为湿空气中水蒸气的质量与干空气质量之比。对于水蒸气-空气系统，有：

$$H = \frac{0.622 n_{水蒸气}}{n_{空气}} \qquad (4\text{-}52)$$

常压下湿空气可视为理想气体，上式可变为

$$H = \frac{0.622 p}{P - p} \qquad (4\text{-}53)$$

式中　p——水蒸气分压，Pa；

P——总压，Pa。

相对湿度定义为湿空气中水蒸气的分压和相同温度下水的饱和蒸气压 p_s 的比值，即：

$$\varphi = \frac{p}{p_s} \qquad (4\text{-}54)$$

则空气的湿度可写为：

$$H = \frac{0.622 \varphi p_s}{P - \varphi p_s} \qquad (4\text{-}55)$$

3. 干空气质量流量

根据湿比容的定义，空气湿比容为

$$\nu_H = \left(\frac{1}{29} + \frac{H}{18} \right) \times 22.4 \times \frac{t + 273}{273} \times \frac{1.013 \times 10^5}{P} \qquad (4\text{-}56)$$

式中，H 为进口空气湿度；t 为进口空气温度；P 为总压。

由此可得干空气质量流量（kg/h）为

$$q_m = \frac{q_v}{\nu_H} \qquad (4\text{-}57)$$

4. 物料计算

物料脱水速率 G_W 为

$$G_W = G_C(X_1 - X_2) = q_m(H_2 - H_1) \qquad (4\text{-}58)$$

式中　G_C——干物料进料量；

X_1、X_2——输入输出物料干基含水量；

H_1、H_2——空气进出口湿度；

q_m——干空气质量流量；

5. 干燥塔出口空气湿度计算

干燥器出口空气湿度为

$$H_2 = \frac{G_W}{q_m} + H_1 \qquad (4\text{-}59)$$

6. 热量衡算

根据热量平衡有 $\qquad Q_i = Q_v + Q_{iv} \qquad (4\text{-}60)$

式中　Q_i——输入系统功率，本实验为电加热输入；

Q_v——有效传热速率，用于蒸发水消耗的热量；

Q_{iv}——热量损失速率，包括排出热空气所带走的热量。

有效热量定义为将水蒸发所消耗的能量，其中包括用于水的升温、蒸发

$$Q_v = \left[c_{p水} \times (100 - t) + r_水 \right] \times \frac{G_W}{x} \quad (4\text{-}61)$$

式中，$c_{p水}$ 为水在 t 到 100℃ 之间的平均比热容；$r_水$ 为水在常压下的蒸发潜热；x 为料浆的含固率。

7. 热效率计算

$$\eta = \frac{Q_v}{Q_i} \times 100\% \quad (4\text{-}62)$$

8. 体积传热系数计算

在喷雾干燥过程中，物料和空气以强对流方式进行干燥，由于考虑到实验所采用的料浆含固率不超过 20%，可以忽略由于固体物料升温所消耗的热量，仅仅考虑由于水分蒸发所消耗的热量，那么其传热速率可以近似为 Q_v，则相应的体积对流传热系数可以写为：

$$\alpha_v = \frac{Q_v}{V \Delta t_m} \quad (4\text{-}63)$$

式中，V 为喷雾干燥塔的有效体积；Δt_m 为传热对数平均温差；Q_v 为有效传热速率。

复习思考题

1. 物料干燥前应测定好干料重和有关尺寸，实验操作前必须先将物料充分湿透，为什么？

2. 准确安装湿球温度计，并保证玻璃管内有足够量的水，为什么？

3. 流量不宜过大，防止噪声大，且标定流量计时，孔板流量计算式应在一定读数范围内使用，为什么？

4. 加热器电流不宜过大，为什么？

5. 称重传感器属贵重仪表且极易损坏，使用时要注意什么？

任务八　间歇反应釜单元技能训练

一、实训目标

1. 知识性目标

① 了解反应釜各部件的作用、结构和特点及流化床的工作流程；

② 掌握反应釜的基本操作、调节方法及主要影响因素；

③ 掌握反应釜常见异常现象及处理方法；

④ 掌握反应釜智能仪表控制系统的软硬件控制知识；

⑤ 了解掌握工业现场生产安全知识。

2. 技能性目标

① 能识读反应釜工艺流程图、设备示意图、设备的平面图和设备布置图；

② 学会做好开车前的准备工作；

③ 能独立地进行干燥岗位开停车操作；

④ 能按要求操作调节，进行正常开车及紧急停车操作；

⑤ 能及时掌握设备的运行情况，随时发现、判断及处理各种异常现象；

⑥ 能应用计算机对现场数据进行采集、监控；

⑦ 能正确使用设备、仪表，及时进行设备、仪器、仪表的维护与保养；

⑧ 能正确填写生产（实验）记录，及时分析各种数据。

二、实训原理

一个典型的化工生产过程大致由三个阶段组成，即原料的预处理、化学反应和产物的分离，其中化学反应是化工生产过程的核心，而用来进行化学反应的化学反应器，则是化工生产装置中的关键设备。石油化工、有机化工、精细化工、高分子化工等行业的生产涉及的化学产品种类繁多，而每一种产品都有各自的反应过程及反应设备。

化学反应器的分类方法很多，按结构原理可分为管式反应器、釜式反应器、塔式反应器、固定床式反应器、流化床式反应器等；按操作方式可分为间歇式、连续式和半连续式。对化工生产而言，能对化学反应器进行熟练操作具有重要意义。

间歇反应在助剂、制药、染料等行业的生产过程中很常见。釜式反应器也称为槽式反应器或锅炉反应器，在化工生产中具有较大的灵活性，能进行多品种的生产，它既适用于间歇操作过程，又和单釜或多釜串联用于连续操作过程。釜式反应器具有适用温度和压力范围宽，操作弹性大，连续操作时温度、浓度易控制，产品质量均一等特点。

三、反应釜实训装置

1. 装置介绍

反应釜广泛应用于带压反应，就压力来分有低压反应釜、中压反应釜和高压反应釜。本实验系统采用反应釜为 30L 工业标准中试反应釜，结构紧凑。釜体与釜盖间采用开放

图 4-78　反应釜实训装置图

式法兰连接结构，可打开釜盖。

实训装置（图 4-78）分为反应釜实训系统、双塔串联串级精馏实训系统、自动化仪表及 DCS 中控室控制系统几部分。

反应釜实训对象由原料罐、3 路进料系统、高位混合罐、中和反应釜、精馏反应釜、一级冷凝器、二级冷凝器、产品冷凝器、冷却水系统、产品罐和现场显示变送仪表等组成。

2. 装置功能（见表 4-32）

表 4-32　反应釜实训装置功能表

项目	操作实训内容
开车准备	1. 工艺流程图的识读； 2. 现场装置及主要设备、仪表、阀门的位号、功能、工作原理和使用方法； 3. 按照要求制定操作方案； 4. 检查流程中各设备、管线、阀门是否处于正常开车状态； 5. 引入公用工程（水、电、油）并确保正常； 6. 装置上电，检查各仪表状态是否正常
开车	1. 按正确的开车步骤开车，调节原料流量、温度、压力、搅拌转速到指定值； 2. 能执行换热器的切换操作
正常操作	1. 按照指令改变原料流量、温度、压力、液位、转速等操作参数到指定值； 2. 按照要求巡查各流量、温度、压力、液位、转速等操作参数并做好记录； 3. 按照要求巡查动设备（离心泵、计量泵）的运行状况，并确认并做好记录； 4. 观察正常操作时反应釜的操作状况，并指出可能影响其正常操作的因素； 5. 能按正常操作进行间歇反应的进、出料操作； 6. 能按照不同要求进行夹套、盘管、外冷却器等的换热切换； 7. 能按照不同要求进行夹套、电加热等的切换操作
停车	1. 按正常的停车步骤停车； 2. 检查停车后各设备、阀门的状态，确认后做好记录
事故处理	1. 观察、分析在改变某些参数的情况下能对系统作出调整，使反应正常进行； 2. 能对不同的控制方式进行切换，并使系统恢复稳定操作； 3. 能判断引起操作异常的原因并作出相应的处理使系统恢复稳定操作
设备维护	1. 离心泵、计量泵的开、停、正常操作及日常维护； 2. 换热器的构造、工作原理、正常操作及维护； 3. 主要阀门的位置、类型、构造、工作原理、正常操作及维护； 4. 各种温度、压力、液位显示仪表及流量控制仪表的正常使用及维护； 5. 不同形式搅拌器的结构、原理、操作及维护
控制仪表	1. 温度、压力显示仪表及流量控制仪表； 2. 控制执行装置调压器、电动调节阀、变频器的正常使用； 3. 反应釜需要检测及控制的参数、检测位置、检测传感器及控制方法
监控软件	上位监控平台软件的了解及使用
DCS 中控系统应用	DCS 集散控制系统操作技能培训

3. 工艺流程

双釜反应工艺流程如图 4-79 所示（主要操作物料体系乙醇-水）。

整套系统装置完全按照工厂实际生产状况并结合教学实训的要求进行工程化设计，是 DCS 控制典型流程。生产装置系统体现单元组合的化工连续生产的流程，系统既可连续生产，又可单元操作（故障点的设置需在单元操作中进行）；DCS 控制中控室要按照标准工业化中控室建设。

双釜反应工艺流程：原料罐—配比—配比罐，蒸馏搅拌反应釜和中和搅拌釜在一定温度、压力的作用下合成产品。

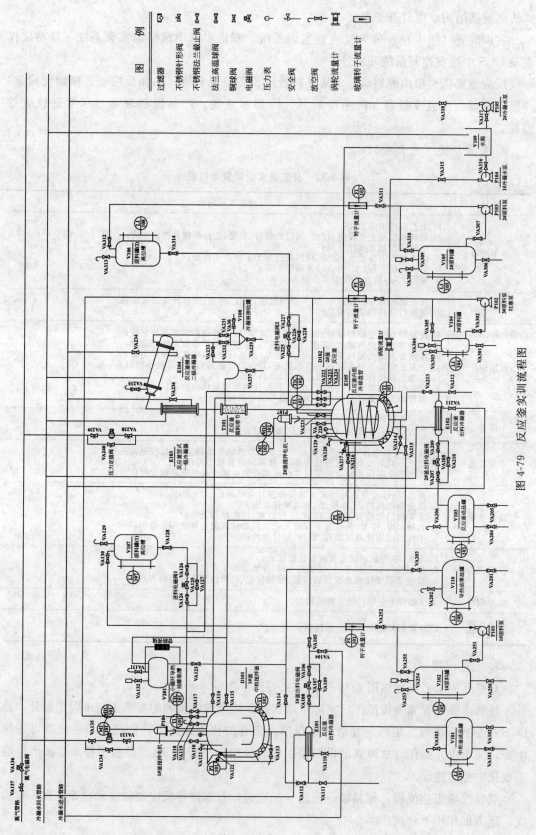

图 4-79　反应釜实训流程图

120

4. 反应釜对象配置单（见表4-33）

表4-33 反应釜对象配置单一览表

序号	符号	名称	序号	符号	名称
1	V101	中和釜成品罐	32	VA107	1号釜出料电磁阀
2	V102	1号原料罐	33	VA108	法兰高温球阀
3	V103	反应釜成品罐	34	VA109	法兰高温球阀
4	V104	3号原料罐	35	VA110	法兰球阀
5	V105	2号原料罐	36	VA111	法兰球阀
6	V106	原料罐(1)高位槽	37	VA112	不锈钢法兰截止阀
7	V107	原料罐(2)高位槽	38	VA113	不锈钢法兰截止阀
8	V108	冷凝液接收罐	39	VA114	法兰高温球阀
9	V109	水箱	40	VA115	法兰高温球阀
10	V110	导热油事故泵	41	VA116	不锈钢法兰截止阀
11	V201	小循环导热油膨胀槽	42	VA117	不锈钢法兰截止阀
12	E101	反应釜出料冷凝器	43	VA118	不锈钢法兰截止阀
13	E102	反应釜出料冷凝器	44	VA119	放空阀
14	E103	反应釜竖式一级冷凝器	45	VA120	不锈钢法兰截止阀
15	E104	反应釜横式二级冷凝器	46	VA121	安全阀
16	T101	反应釜填料塔节	47	VA122	不锈钢法兰截止阀
17	D101	中和搅拌釜	48	VA123	法兰高温球阀
18	D102	反应釜	49	VA124	法兰高温球阀
19	P101	1号原料泵	50	VA125	进料电磁阀1
20	P102	3号原料泵	51	VA126	法兰高温球阀
21	P103	2号原料泵	52	VA127	法兰高温球阀
22	P104	1号冷凝水泵	53	VA128	法兰高温球阀
23	P105	2号冷凝水泵	54	VA129	放空阀
24	P106	中和搅拌釜搅拌电机	55	VA130	法兰高温球阀
25	P107	反应釜搅拌电机	56	VA131	放空阀
26	VA101	法兰高温球阀	57	VA132	铜球阀
27	VA102	法兰球阀	58	VA133	不锈钢针形阀
28	VA103	放空阀	59	VA134	不锈钢针形阀
29	VA104	法兰高温球阀	60	VA135	不锈钢针形阀
30	VA105	法兰高温球阀	61	VA136	氮气电磁阀
31	VA106	法兰高温球阀	62	VA137	不锈钢针形阀

序号	符号	名称	序号	符号	名称
63	VA201	法兰高温球阀	93	VA231	法兰高温球阀
64	VA202	放空阀	94	VA232	法兰高温球阀
65	VA203	法兰高温球阀	95	VA233	法兰高温球阀
66	VA204	法兰高温球阀	96	VA234	铜球阀
67	VA205	铜球阀	97	VA235	放空阀
68	VA206	放空阀	98	VA236	铜球阀
69	VA207	法兰高温球阀	99	VA237	法兰高温球阀
70	VA208	2 号釜出料电磁阀	100	VA238	不锈钢针形阀
71	VA209	法兰高温球阀	101	VA239	不锈钢针形阀
72	VA210	法兰高温球阀	102	VA240	不锈钢针形阀
73	VA211	铜球阀	103	VA301	铜球阀
74	VA212	铜球阀	104	VA302	法兰高温球阀
75	VA213	不锈钢法兰截止阀	105	VA303	放空阀
76	VA214	不锈钢法兰截止阀	106	VA304	铜球阀
77	VA215	法兰高温球阀	107	VA305	法兰高温球阀
78	VA216	法兰高温球阀	108	VA306	铜球阀
79	VA217	不锈钢法兰截止阀	109	VA307	法兰高温球阀
80	VA218	安全阀	110	VA308	放空阀
81	VA219	不锈钢法兰截止阀	111	VA309	铜球阀
82	VA220	不锈钢法兰截止阀	112	VA310	法兰高温球阀
83	VA221	放空阀	113	VA311	法兰高温球阀
84	VA222	不锈钢法兰截止阀	114	VA312	法兰高温球阀
85	VA223	不锈钢法兰截止阀	115	VA313	放空阀
86	VA224	不锈钢法兰截止阀	116	VA314	法兰高温球阀
87	VA225	法兰高温球阀	117	VA315	铜球阀
88	VA226	进料电磁阀 2	118	VA316	铜球阀
89	VA227	法兰高温球阀	119	VA317	铜球阀
90	VA228	法兰高温球阀	120	VA318	铜球阀
91	VA229	法兰高温球阀	121	VA319	法兰球阀
92	VA230	法兰高温球阀			

5. 装置仪表及控制系统一览表（见表4-34）

表 4-34　仪表及控制系统一览表

序号	位号	仪表用途	仪表位置	规格
1	LI101	中和釜成品罐液位	现场	法兰液位计,650
2	LI102	1号原料罐液位	现场	法兰液位计,600
3	LI103	反应釜成品罐液位	现场	法兰液位计,450
4	LI104	3号原料罐液位	现场	法兰液位计,320
5	LI105	2号原料罐液位	现场	法兰液位计,320
6	LI106	原料罐(2)高位槽液位	现场	法兰液位计,320
7	LI107	原料罐(1)高位槽液位	现场	法兰液位计,320
8	LI108	导热油事故泵液位	现场	法兰液位计,320
9	TI101	中和搅拌釜温度	现场	热电阻,PT100,WPZ-270
10	TI102	中和搅拌釜加热管温度	现场	热电阻,PT100,WPZ-270
11	TIC101	中和搅拌釜温度显示	集中	热电阻＋智能仪表
12	TI201	反应釜温度	现场	热电阻,PT100,WPZ-270
13	TIC201	反应釜温度显示	集中	热电阻＋智能仪表
14	TI202	反应釜加热管温度	现场	热电阻,PT100,WPZ-270
15	MI101	中和搅拌釜电机	现场	减速电机,BLDO-17
16	MIC101	中和搅拌釜电机显示	集中	电机＋智能仪表
17	MI201	反应釜电机	现场	减速电机,BLDO-17
18	MIC201	反应釜电机显示	集中	电机＋智能仪表
19	FI101	1号泵进料流量显示	现场	玻璃转子流量计,LZB-15
20	FI102	2号泵进料流量显示	现场	玻璃转子流量计,LZB-15
21	FI103	3号泵进料流量显示	现场	玻璃转子流量计,LZB-15
22	PI101	中和搅拌釜压力显示	现场	压力表,0～0.6MPa
23	PI201	反应釜压力显示	现场	压力表,0～0.6MPa

6. 设备能耗一览表（见表4-35）

表 4-35　设备能耗一览表

序号	设备名称	供电电压/V	额定功率/kW
1	进料泵1	三相380	0.37
2	进料泵2	三相380	0.37
3	进料泵3	三相380	0.37
4	冷凝泵1	三相380	0.37
5	冷凝泵2	三相380	0.37
6	1号釜搅拌电机	三相380	0.75
7	2号釜搅拌电机	三相380	0.75
8	导热油泵	三相380	1.5
9	1号釜加热管功率	星型220	6
10	2号釜加热管功率	星型220	6
	总计		16.85

四、实训步骤

1. 开车准备

① 检查公用工程水电是否处于正常供应状态（水压、水位是否正常，电压、指示灯是否正常）；

② 检查原料罐1、原料罐2、原料罐3物料液位多少，若没达到2/3的位置，打开相应罐体加料漏斗阀门，打开自来水阀门，往原料罐加入原料，直至罐体2/3处时关闭自来水阀门，关闭加料漏斗阀门；

③ 检查总电源的电压情况是否良好。

2. 正常开车

（1）开启电源

① 在仪表操作盘台上，开启总电源开关，此时总电源指示灯亮；

② 开启仪表电源开关，此时仪表电源指示灯亮，且仪表上电。

（2）开启计算机启动监控软件

① 打开计算机电源开关，启动计算机；

② 在桌面上点击"反应釜干燥实训软件"，进入MCGS组态环境，如图4-80所示。

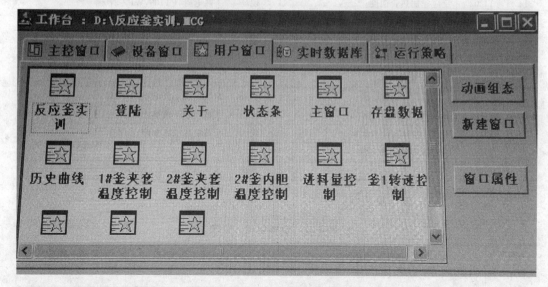

图4-80　MCGS组态软件组态环境

③ 点击菜单"文件\进入运行环境"或按"F5"进入运行环境，如图4-81所示，输入班级、姓名、学号后，按"确定"，进入图4-82所示界面，点击"反应釜实训系统"进入实训软件界面，如图4-83所示，监控软件就启动起来了。

④ 图4-83中，PV表示实际测量值、SV表示设定值、OP表示控制设置，打开控制界面，如图4-84所示，可对控制的PID参数进行设置，一般不设置。

（3）高位槽1和高位槽2进料操作

① 检查进料1回路各阀门的开关状态，打开阀VA251、VA252、VA253、VA130及阀VA129；关闭阀VA250、VA2254、VA255。

② 在仪表操作台上按下"1号进料泵电源"启动按钮，启动1号进料泵，往高位槽1

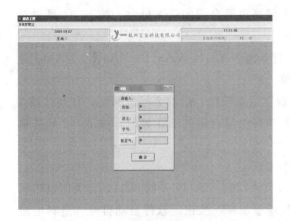

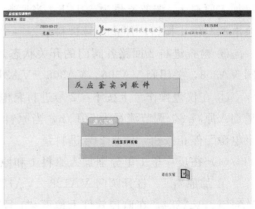

图 4-81　监控软件登录界面　　　　图 4-82　监控软件实训项目选择界面

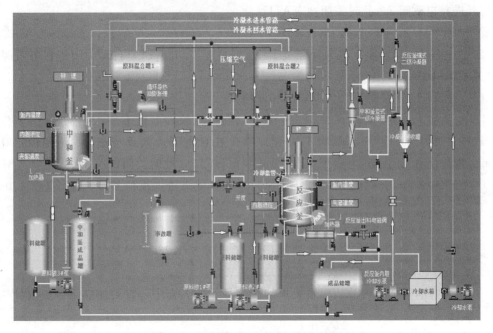

图 4-83　反应釜单元操作实训软件界面

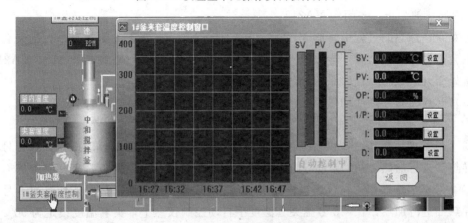

图 4-84　1号釜夹套温度控制窗口

里加入原料 1，调节流量为 50L/h，当原料 1 到高位混合罐的 2/3 处时，按下"1 号进料泵电源"停止按钮，停止 1 号进料泵。

③ 检查进料 2 回路各阀门的开关状态。打开阀 VA307、VA311、VA312、VA313 及阀 VA308，关闭阀 VA306、VA309、VA310。

④ 在仪表操作台上按下"2 号进料泵电源"启动按钮，启动 2 号进料泵，往高位槽 2 里加入原料 2，调节流量为 50L/h，当原料 2 到高位混合罐的 2/3 处时，按下"2 号进料泵电源"停止按钮，停止 2 号进料泵。

(4) 往反应釜 1 里分别加入原料 1 和原料 2

① 加原料 1。打开阀门 VA128、VA124、VA126、VA117 及阀 VA119，关闭电磁阀 VA127、VA224，在监控软件上按下"1 号反应釜加料"按钮，软件自动打开"进料电磁阀 1"，让原料 1 在自重下进入反应釜 1，达到设定高度 250mm 时，自动关闭进料电磁阀 1，打开进料电磁阀 2，此时关闭阀 VA117。

② 加原料 2。打开阀门 VA314、VA225、VA227、VA116，关闭阀 VA228、VA222，让原料 2 在自重下进入反应釜 1，达到高度 500mm 时，自动关闭进料电磁阀 2，此时关闭阀门 VA116。

(5) 往反应釜 2 里分别加入原料 1 和原料 2

① 加原料 1。打开阀门 VA224、VA221，在监控软件上按下"2 号反应釜加料"按钮，软件自动打开"进料电磁阀 1"，让原料 1 在自重下进入反应釜 2，达到设定高度 200mm 时，自动关闭进料电磁阀 1，打开进料电磁阀 2，此时关闭阀 VA224。

② 加原料 2。打开阀门 VA222，让原料 2 在自重下进入反应釜 2，达到高度 400mm 时，自动关闭进料电磁阀 2，此时关闭阀门 VA222。

(6) 往 1 号釜和 2 号釜夹套里加入导热油

① 检查 1 号釜和 2 号釜导热油阀门，打开阀 VA123、VA132、VA131、VA114、VA115、VA216，关闭阀 VA201、VA203、VA215。

② 用长嘴油桶把导热油从膨胀罐里加到 1 号釜的夹套中，直到加满 1 号釜内导热油为止，关闭阀 VA114。

③ 打开阀 VA215，用长嘴油桶把导热油从膨胀罐里加到 2 号釜的夹套中，直到加满 2 号釜内导热油为止，关闭阀 VA215。

注意：在加热的过程中，阀 VA114、VA215 必须一直处于关闭状态，否则夹套内的导热油会流回导热油储罐，导致釜夹套内没有导热油而形成干烧；阀 VA115、VA216 必须一直处于开启状态，让膨胀的导热油进入膨胀槽内。

(7) 开启夹套导热油加热

① 检查釜夹套里导热油里的高度，导热油液位不少于 2/3 的位置；

② 1 号釜加热操作。在仪表操作台上启动"1 号釜加热电源"启动按钮，对 1 号釜夹套内导热油进行加热，在"1 号釜内胆温度手自动控制仪"上，内胆温度设定为 90℃。

③ 2 号釜加热操作。在仪表操作台上启动"2 号釜加热电源"启动按钮，对 2 号釜夹套内导热油进行加热，在"2 号釜夹套温度手自动控制仪"上，夹套温度设定为 90℃，如图 4-85 所示。

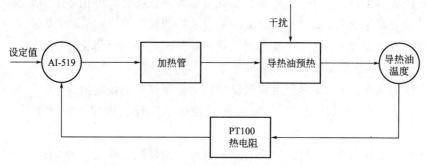

图 4-85　导热油温度控制结构图

注意：若需加热更高的温度，每次提高的温度不超过 5℃，且加热时间不少于 20min。每提高 5℃，加热 20min，这样逐渐加热，直到需要的温度，若温度跨度过大，容易造成喷油事故。

（8）1 号釜和 2 号釜搅拌电机的开启

① 在仪表操作台上按下"1 号搅拌电机电源"启动按钮，启动 1 号搅拌电机，在"1 号釜电机转速手自动控制仪"上，将控制方式设为自动，设定搅拌电机转速为 80r/min（或需要设定的转速）。

② 在仪表操作台上按下"2 号搅拌电机电源"启动按钮，启动 2 号搅拌电机，在"2 号釜电机转速手自动控制仪"上，将控制方式设为自动，设定搅拌电机转速为 80r/min（或需要设定的转速）。

（9）2 号釜内胆温度冷却控制

① 若 2 号釜内温度过高，则需开启冷凝泵对 2 号釜内胆物料进行冷却。

② 检查各阀门。打开阀门 VA113、VA107、VA108、VA109、引风机前的阀门，调整阀门 VA122 开度为一半。

③ 在仪表操作台上按下"1 号冷凝水泵电源"启动按钮，启动 1 号冷凝泵，在"2 号釜内胆温度手自动控制仪"上，将控制方式设为自动，设定夹套温度为 80℃（或需要设定的温度）。

（10）卸料

① 反应好后，停止加热。

② 检查阀门。关闭阀 VA101、VA102、VA111、VA109、VA105，VA204、VA205、VA212、VA20，打开阀 VA112、VA108、VA106、VA104、VA103，VA213、VA207、VA209、VA206。

③ 在仪表操作台上把"1 号釜出料电磁阀切换"开关打到手动，电磁阀 VA107 开启，1 号釜里的产品就在自重下流入 1 号釜成品罐，卸完产品后，关闭阀 VA112。

④ 在仪表操作台上把"2 号釜出料电磁阀切换"开关打到手动，电磁阀 VA208 开启，2 号釜里的产品就在自重下流入 2 号釜成品罐，卸完产品后，关闭阀 VA213。

3. 正常停车

（1）停止 1 号釜和 2 号釜加热

① 在仪表操作台上"1 号釜内胆温度手自动控制仪"上设定值为 0℃。

② 在仪表操作台上按下"1号釜加热管电源"停止按钮，停止导热油加热。

③ 在仪表操作台上"2号釜夹套温度手自动控制仪"上设定值为0℃。

④ 在仪表操作台上按下"2号釜加热管电源"停止按钮，停止导热油加热。

（2）停止1号釜和2号釜搅拌电机电源

① 在仪表操作台上"1号釜电机转速手自动控制仪"上设定值为0℃。

② 在仪表操作台上按下"1号釜电机转速电源"停止按钮，停止1号釜搅拌电机电源。

③ 在仪表操作台上"2号釜电机转速手自动控制仪"上设定值为0℃。

④ 在仪表操作台上按下"2号釜电机转速电源"停止按钮，停止2号釜搅拌电机电源。

（3）停止1号冷凝水泵

① 在仪表操作台上"2号釜内胆温度手自动控制仪"上设定值为0℃。

② 在仪表操作台上按下"1号冷凝水泵电源"停止按钮，停止1号冷凝水泵。

（4）停止2号冷凝水泵 在仪表操作台上按下"2号冷凝水泵电源"停止按钮，停止2号冷凝水泵。

（5）仪表电源关闭

（6）控制柜总电源关闭 关闭总电源控制开关，关闭整个设备电源。

项目五　基本能力训练

任务一 管路拆装能力训练

一、训练目的

① 熟悉可拆式组装管路的安装过程，掌握其安装技术。

② 考查学生全面分析、辨别和迅速决策等能力。

③ 训练学生拆卸和组装化工生产常见的管路、管件及设备动手能力等。

二、训练内容

1. 管路组装

① 管口螺纹的加工以及板牙的使用。

② 对照管路示意图进行管路安装，安装中要保证横平竖直，水平偏差不大于 15mm、垂直偏差不大于 10mm。

③ 法兰与螺纹接合时每对法兰的平行度、同心度要符合要求。螺纹接合时要做到生料带缠绕方向正确和厚度要合适，螺纹与管件咬口要对准、对正，拧紧用力要适中。

④ 阀门安装前要将内部清理干净，关闭好再进行安装，对有方向性的阀门要与介质流向吻合，安装好的阀门手轮位置要便于操作。

⑤ 流量计、压力表及过滤器的安装按具体要求进行。要注意流向，有刻度的位置要便于读数。

2. 水压实验

管路在投入运行之前，必须保证其强度和严密性符合要求，因此，管路安装完毕后，应作强度与严密度试验，验证是否有漏气或漏液现象。

会使用手摇式试压泵，能按要求的试压程序完成试压操作，在规定的压强和规定的时间内，管路所有接口没有渗漏现象。

3. 管路拆卸

能按顺序进行，一般是从上到下，先仪表后阀门，拆卸过程中不得损坏管件和仪表，拆下的管子、管件、阀门和仪表要归类放好。

三、训练装置

管路拆装训练装置将流体输送及管路拆装系统有机结合，配合泵阀拆装，体现"教、学、做、训、考"一体化教学模式，锻炼了化工总控及化工设备维修工的基本动手操作能力。

1. 管路拆装训练装置功能

① 强化手动操作技能训练。

② 能根据提供的流体输送流程图，准确填写安装管线所需管道、管件、阀门、仪表的规格型号及数量等材料清单。

③ 能按照材料清单正确领取所需材料。

④ 能准确列出组装管线所需的工具和易耗品等领件清单，并正确领取工具和易耗品。

⑤ 能进行管线的组装、试压和拆除操作。

⑥ 能做到管路拆装过程中的安全规范。

2. 训练装置系统的组成

管路拆装训练装置系统由管路拆装对象、管路拆装工具（包括试压检漏设备）、管路拆装工作台、拆装货架及工具箱、管路拆装密封件五部分组成。

（1）管路拆装对象　主要由容器、泵、换热器、管道、阀门、仪表、拆装工具、试压设备、工作台、工具材料货架、工具箱等构成。本系统锻炼了学生的管路拆装、化工自动化仪表及泵体的安装等技能，拆装管路及配件见表 5-1。

表 5-1　拆装管路及配件

名称	型号	备注	材质	单位	数量
卧式化工泵	ISW50-32-160			台	2
整体不锈钢列管换热器	$\phi219mm, F=1.1m^2$	填料函式 U 形管式	不锈钢	个	1
管段	$DN50$	一端法兰，一端螺纹	不锈钢	只	1
管段	$DN50$	两端螺纹	不锈钢	只	1
蛇形压力表接管	$DN10$	两端有四氟垫片	不锈钢	只	1
金属软管	$DN32$	两端法兰	不锈钢	只	3
Y 形管道过滤器	$DN32$		不锈钢	只	1
螺栓	M16	包括螺栓、螺母和垫圈	不锈钢	付	52
双头螺栓	M12	包括螺栓、螺母和垫圈	不锈钢	付	
8 字盲板		外径 80	不锈钢	只	1
单向阀	$DN32$	螺纹/法兰	不锈钢	只	1
球阀	1′2″	螺纹	不锈钢	只	2
截止阀	1/2″	螺纹/法兰	不锈钢	只	3
针形阀	$DN10$		不锈钢	只	2
90°弯头	3/4″		不锈钢	只	2
三通	1/2″		不锈钢	只	1
管箍	$DN20$		不锈钢	只	
压力表	0～0.25MPa	指针式压力表,精度:1.5%FS		只	1
压力表	0～2.5MPa	指针式压力表,精度:1.5%FS		只	1
真空表	0～0.1MPa	指针式压力表,精度:1.5%FS		只	1
转子流量计	0～10000L/h	LWGY-40A,精度:0.5%FS		台	1
双金属温度计	(0～100)精度	双金属温度计 1.5%FS		只	1

（2）管路拆装货架及工具箱（见表 5-2）

表 5-2　管路拆装货架及工具箱

序号	名称	规格型号/mm	数量	备注
1	管路拆装货架	3800×800×1000	1	管路拆装货架：设备尺寸 3500mm×500mm×1000mm（50mm×5mm 角铁制造、三个 2mm 隔层板、喷漆工艺）
2	管路拆装工具箱	便携式	5	全套工具

（3）管路拆装工具（包括试压检漏设备）

（4）系统外配标准设备

① SB-2.5 手动试压泵。是专供各类压力容器、管道、锅炉、钢瓶、阀门、消防器材作实验室水压试验中获得高压液体的理想设备。手动试压泵技术参数如表 5-3 所示。

表 5-3　手动试压泵技术参数

型号	排出压力/MPa	流量/(L/h)	重量/kg	外形尺寸/cm
SB-2.5	2.5	36	6	

② 精品 355 钢材切割机。精品 355 钢材切割机如图 5-1 所示，其技术参数如下。

锯片直径　　　　　ϕ355mm

额定转速　　　　　4000r/min

额定输入功率　　　2200W

额定电压　　　　　220V

额定频率　　　　　50Hz

③ 管子台虎钳。3 号带脚管子台虎钳如图 5-2 所示。

图 5-1　355 钢材切割机

图 5-2　3 号带脚管子台虎钳

四、管路常见故障及处理（见表 5-4）

五、训练要求

① 对实际装置的管路尺寸进行测绘并画出安装配管图。

② 在教师指导和配合下，学生亲自动手安装，要求掌握管子、阀门、管件等安装的基本技术。

③ 安装中要注意安全，完毕后要进行总结、鉴定和评分。

表 5-4 管路常见故障及处理方法

常见故障	原因	处理方法
管泄漏	裂纹、孔洞（管内外腐蚀、磨损）、焊接不良	装旋塞、缠带、打补丁、箱式堵漏、更换
管堵塞	不能关闭、杂质堵塞	阀或管段热接旁通，设法清除杂质
管振动	流体脉动、机械振动	用管支撑固定或撤掉管支撑件，但必须保证强度
管弯曲	管支撑不良	用管支撑固定或撤掉管支撑件，但必须保证强度
法兰泄漏	螺栓松动 密封垫片损坏	箱式堵漏，紧固螺栓，更换螺栓，更换密封垫、法兰
阀泄漏	压盖填料不良 杂质附着在其表面	紧固填料函；更换压盖填料；更换阀部件或阀；阀部件磨合

任务二 离心泵的操作与维护技能训练

一、训练目的

① 掌握离心泵的安装及开停车操作技术。

② 掌握离心泵的流量调节技术。

③ 了解离心泵的常见故障及人为设置故障的分析与排除。

二、训练内容

1. 离心泵的安装

① 应尽量将泵安装在靠近水源，干燥明亮的场所，以便于检修；

② 应有坚实的基础，以避免振动，通常用混凝土地基，地脚螺栓连接；

③ 泵轴与电机转轴应严格保持水平，以确保运转正常，提高寿命；

④ 安装高度要严格控制，以免发生汽蚀现象，泵的实际安装高度应低于允许最大安装高度值；

⑤ 应当尽量缩短吸入管路的长度和减少其中的管件，泵吸入管的直径通常均大于或等于泵入口直径，以减小吸入管路的阻力；

⑥ 往高位或高压区输送液体的泵，在泵出口应设置止逆阀，以防止突然停泵时大量液体从高压区倒冲回泵造成水锤而破坏泵体；

⑦ 在吸入管径大于泵的吸入口径时，变径连接处要避免存气，以免发生气缚现象。

2. 离心泵的开停车操作

（1）离心泵启动前的安全检查与准备工作

① 确认泵座、护罩牢固；

② 手动盘车，转动灵活，无摩擦声；

③ 检查油位和冷却水是否正常；

④ 确认槽内液位正常，打开泵的入口阀；

⑤ 对泵进行排气处理；

⑥ 确认压力表根部阀打开；

⑦ 打开泵的冲洗、密封水。

（2）开车操作

① 通知电气操作人员送电，启动泵，观察泵的转向无误；

② 待泵出口压力升压后，缓慢打开泵的出口阀，调整压力达到设计指标；

③ 运行5min，待泵无异常现象方准离开，并记录开泵。

（3）停车操作

① 关闭泵出口阀；

② 按下停泵按钮；

③ 关泵入口阀；

④ 排净泵内液体，关闭导淋阀；

⑤ 关闭密封水上水阀；

⑥ 在寒冷地区，短时停车要采取保温措施，长期停车必须排净泵内及冷却系统内的液体，以免冻结胀坏系统。

（4）倒泵操作 按开泵步骤开启备用泵，泵运行正常后，缓慢打开备泵出口阀，同时缓慢关闭运行泵的出口阀，应注意两人密切协调配合，防止流量大幅波动，待运行泵出口阀全关后，备泵一切指标正常，按下运行泵的停车按钮，关闭运行泵的进口阀，排净泵内液体，交付检修或备用。

（5）紧急停车操作 无论何种类型的泵，有下列情况之一时，必须紧急停车：

① 泵内发生严重异常声响；

② 泵突然发生剧烈振动；

③ 泵流量下降；

④ 轴承温度突然上升，超过规定值；

⑤ 电流超过额定值持续不降。

3. 离心泵流量调节

（1）手动调节 即用手操作泵的出口阀门调节流量，记录在出口阀门不同开度情况下的流量。计算出口阀手动一周时流量的变化值。

（2）自动调节 流量的自动调节是将孔板流量计测量的流量信号，由变送器转变为电信号送给调节器，调节器将测量值与设定值相比较，给气动薄膜控制阀发出开大或关小的命令，从而达到调节流量的目的。流量自动调节步骤如下。

① 用设定拨盘设定流量值。

② 将手动-自动切换开关置于手动位置，拨动手操拨盘，关闭系统中的气动薄膜控制阀（以下简称控制阀）。

③ 启动离心泵。

④ 当泵出口压力达到正常时，拨动手操拨盘，将控制阀逐渐打开，调节流量到规定的范围。当控制器面板上的偏差指示针指向正中位置时，表示手动调节正常。

⑤ 把手动自动切换开关切换到自动位置，将手操拨盘的读数拨到零，即实现流量自动调节。

⑥ 将装置中旁路阀逐渐打开（或关闭）。详细观察自动调节系统的动作过程和流量的变化情况。

⑦ 从自动切换到手动可调整手操拨盘，使拨盘上的数值与输出表上的值相等，然后将切换开关拨向手动。

⑧ 在手动操作条件下，拨动手操拨盘，观察控制阀的动作过程和流量的变化。

⑨ 停泵时可拨动手操拨盘，将控制阀关闭，切断电动机电源。

4. 离心泵常见故障及排除方法（见表 5-5）

表 5-5　离心泵常见故障及处理方法

常见故障	原因分析	处理方法
泵打不起压	1. 泵内有空气； 2. 旋转方向不对； 3. 入口压头过低	1. 排气； 2. 调整旋转方向； 3. 降低安装高度
流量不足	1. 吸入式排出阻力过大； 2. 叶轮阻塞； 3. 泵漏气	1. 疏通吸入排出管； 2. 清理叶轮； 3. 加强泵体密封
电流过大	1. 填料压得过紧； 2. 流量过大； 3. 轴承损坏	1. 松填料压盖； 2. 减小流量； 3. 更换轴承
轴承过热	1. 泵与电机轴承不同心； 2. 轴承缺油； 3. 转速过高； 4. 流量过大； 5. 断冷却水	1. 调整同心度； 2. 补油； 3. 降低转速； 4. 减少流量； 5. 加冷却水
泵体振动	1. 地脚螺栓松动； 2. 泵与电机轴承不同心； 3. 泵汽蚀； 4. 叶轮损坏严重	1. 拧紧地脚螺栓； 2. 调整同心度； 3. 降低物料温度； 4. 更换叶轮
流量波动	1. 入口滤网不畅； 2. 介质温度太高； 3. 槽液位太低	1. 清理滤网； 2. 降低介质温度； 3. 向槽内补液或停泵
泵内异常响声	1. 泵内有异物； 2. 汽蚀； 3. 泵漏气	1. 拆检,清理异物； 2. 降低介质温度； 3. 加强密封

5. 离心泵的维护

① 检查泵进口阀前的过滤器的滤网是否破损，如有破损应及时更换，以免焊渣等颗粒进入泵体，定时清洗滤网；

② 泵壳及叶轮进行解体、清洗重新组装。调整好叶轮与泵壳间隙。叶轮有损坏及腐蚀情况的应分析原因并及时做出处理；

③ 清洗轴封、轴套系统，更换润滑油，以保持良好的润滑状态；

④ 及时更换填料密封的填料，并调节至合适的松紧度，采用机械密封的应及时更换动环和密封液；

⑤ 检查电机，长期停车后，再开工前应将电机进行干燥处理；

⑥ 检查现场及遥控的一、二次仪表的指示是否正确及灵活好用，对失灵的仪表及部件进行维修或更换；

⑦ 检查泵的进、出口阀的阀体是否有因磨损而发生内漏等情况，如有内漏应及时更换阀门。

⑧ 在任何情况下都要避免泵内无液体的干转现象，以避免干摩擦，造成零部件损坏。

三、训练装置

离心泵性能测定装置如图 5-3 所示。

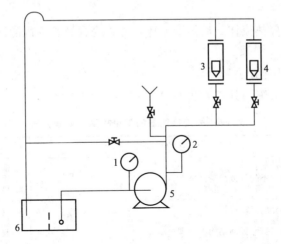

图 5-3　离心泵性能测定装置

1—真空表；2—压力表；3，4—转子流量计；5—离心泵；6—水箱

四、训练要求

① 熟练掌握离心泵开停车步骤。

② 熟练掌握离心泵流量调节的步骤和方法。

③ 了解离心泵常见故障及处理方法。

④ 注意安全，以免在训练中发生危险。

⑤ 进行操作验收并计分。

任务三　列管换热器开停车及故障处理技能训练

一、训练目的

掌握传热装置的流程和开停车操作及常见故障处理方法。

二、训练内容

1. 开车

① 检查装置上的仪表、阀件等是否齐全好用。

② 打开冷凝水排放阀排放积水；打开放空阀排空气和不凝性气体，放净后逐一关闭。

③ 打开冷流体入口阀并通入流体，而后打开热流体进口阀，缓慢或分数次地通入，做到先预热后加热，防止骤冷骤热有损换热器的寿命。通入的流体应干净，以防结垢。

④ 根据工艺要求调节冷、热流体的流量，使之达到所需的温度。

⑤ 经常检查冷热流体的进出口温度和压力变化情况，如有异常现象，应立即查明原因，并消除故障。

⑥ 在操作过程中，换热器的一侧若为蒸汽的冷凝过程，则应及时排冷凝液和不凝气体，以免影响传热效果。

⑦ 定时分析冷热流体的成分变化情况，以确定有无漏损。如发现漏损应及时修理。

⑧ 定期检查换热器以及管子与管板的连接处是否有损，外壳有无变形以及换热器振动现象。若有应及时排除。

2. 停车

在停车时，应先停热流体，后停冷流体，并将壳程及管程内的液体排净，以防止热裂和锈蚀。

3. 异常现象及处理方法

列管换热器常见故障与处理方法如表 5-6 所示。

表 5-6　列管换热器的常见故障与处理方法

故障	产生原因	处理方法
传热效率下降	1. 列管结垢； 2. 壳体内不凝气或冷凝液增多； 3. 列管、管路或阀门堵塞	1. 清洗管子； 2. 排放不凝气和冷凝液； 3. 检查清理
振动	1. 壳程介质流动过快； 2. 管路振动所致； 3. 管束与折流板的结构不合理； 4. 机座刚度不够	1. 调节流量； 2. 加固管路； 3. 改进设计； 4. 加固机座
管板与壳体连接处开裂	1. 焊接质量不好； 2. 外壳歪斜，连接管线拉力或推力过大； 3. 腐蚀严重，外壳壁厚减薄	1. 清除补焊； 2. 重新调整找正； 3. 鉴定后修补
管束、胀口渗漏	1. 管子被折流板磨破； 2. 壳体和管束温差过大； 3. 管口腐蚀或胀（焊）接质量差	1. 堵管或换管； 2. 补胀或焊接； 3. 换管或补胀（焊）

三、训练装置

详见传热实训装置。

四、训练要求

① 熟练掌握列管换热器的开停车步骤。

② 掌握列管换热器冷、热流体流量的调节技能及常见故障的处理方法。

③ 注意安全，以免在训练中发生危险。

④ 进行操作验收并计分。

任务四　三足式过滤离心机的操作与维护技能训练

一、训练目的

掌握三足式过滤离心机的结构、开停车操作及常见故障处理方法。

二、训练内容

1. 三足式过滤离心机操作

（1）开车前检查准备

① 检查机内外有无异物，主轴螺母有无松动，制动装置是否灵敏可靠，滤液出口是否通畅。

② 试空车 3～5min，检查转动是否均匀正常，转鼓转动方向是否正确，转动的声音有无异常，不能有冲击声和摩擦声。

③ 检查确无问题，将洗净备用的滤布均匀铺在转鼓内壁上。

（2）开车

① 将物料放置均匀，不能超过额定体积和质量。

② 启动前，检查制动装置是否拉开。

③ 接通电源启动，要站在侧面，不要面对离心机。

④ 密切注意电流变化，待电流稳定在正常参数范围内，转鼓转动正常时，进入正常运行。

（3）正常运行操作

① 注意转动是否正常，有无杂声和振动，注意电流是否正常。

② 保持滤液出口通畅。

③ 严禁用手接触外壳或脚踏外壳，机壳上不得放置任何杂物。

④ 当滤液停止排出后 3～5min，可进行洗涤。洗涤时，加洗涤水要缓慢均匀，取滤液分析合格后停止洗涤。待洗涤水出口停止排液后 3～5min 方可以停机。

（4）停车

① 停机，先切断电源，待转鼓减速后再使用制动装置，经多次制动，到转鼓转动缓慢时，再拉紧制动装置，完全停车。使用制动装置时不可面对离心机。

② 完全停车后，方可卸料，卸料时注意保护滤布。

③ 卸料后，将机内外检查、清理，准备进行下一次操作。

2. 三足式过滤离心机常见故障与处理方法（见表 5-7）

表 5-7　离心机的常见故障与处理方法

常见故障	产生原因	处理方法
滤液中常有滤渣或外观浑浊	滤布损坏	及时更换滤布
离心机电流过高	1. 滤液出口管堵塞； 2. 加料过多，负荷过大	1. 检查处理； 2. 减少加料
轴承温度过高	1. 回流小，前后轴回流量不均； 2. 机械故障，轴承磨损或安装不正确	1. 调节回流量； 2. 维修检查
电机温度过高	1. 加料负荷过大； 2. 轴承故障； 3. 电机故障； 4. 外界气温过高	1. 减少加料； 2. 维修检查； 3. 电工检查； 4. 采取降温措施
振动大	1. 供料不均匀； 2. 螺栓松动或机械故障	1. 调整使之均匀； 2. 停机检查、维修

3. 三足式过滤离心机维护

① 运转时主要检查有无杂声和振动，轴承温度是否低于 65℃，电机温度是否低于 90℃，密封状况是否良好，地脚螺丝有无松动。

② 严格执行润滑规定，经常检查油箱、油位、油质、润滑是否正常，是否按"三过滤"的要求注油。

③ 转鼓要按时清洗，清洗时先停止进料，将自动改为手动；打开冲洗水阀门，至将整个转鼓洗净；不要停机冲洗，以免水漏进轴承室。

④ 卧式自动离心机停车时，让其自然停止，不得轻易使用紧急制动装置。不要频繁启动离心机。

三、训练装置

三足式过滤离心机的结构如图 5-4 所示。适用于化工、化肥、制碱、制盐等行业，特别适用于碳酸氢铵、氯化铵、芒硝、棉花籽酸洗、氯化铵、碳酸氢铵、硫酸钠、尿素等固液分离。

四、训练要求

① 熟练掌握三足式过滤离心机的操作与维护技能。

② 掌握三足式过滤离心机常见故障的处理方法。

③ 注意安全，以免在训练中发生危险。

④ 进行操作验收并计分。

图 5-4　三足式过滤离心机

任务五　板框压滤机的操作与维护技能训练

一、训练目的

掌握板框压滤机的结构、开停车操作及常见故障处理方法。

二、训练内容

1. 板框压滤机操作

（1）开车前的准备工作

① 在滤框两侧先铺好滤布，将滤布上的孔对准滤框角上的进料孔，滤布如有折叠，操作时容易产生泄漏。

② 板框装好后，压紧活动机头上的螺旋。

③ 将待分离的滤浆放入储浆罐内，开动搅拌器以免滤浆产生沉淀。

④ 检查滤浆进口阀及洗涤水进口阀是否关闭。

⑤ 开启空气压缩机，将压缩空气送入储浆罐，注意压缩空气压力表的读数，待压力达到规定值，准备开始过滤。

（2）开车

① 开启过滤压力调节阀，注意观察过滤压力表读数，过滤压力达到规定数值后，调节维持过滤压力的稳定。

② 开启滤液储槽出口阀，接着开启过滤机滤浆进口阀，将滤浆送入压滤机，过滤开始。

③ 观察滤液，若滤液为清液时，表明过滤正常。发现滤液有浑浊或带有滤渣，说明过滤过程中出现问题。应停止过滤，检查滤布及安装情况，滤板、滤框是否变形，有无裂纹，管路有无泄漏等。

④ 定时记录过滤压力，检查板与框的接触面是否有滤液泄漏。

⑤ 当出口处滤液量变得很小时，说明板框中已充满滤渣，过滤阻力增大使过滤速度减慢，这时可以关闭滤浆进口阀，停止过滤。

⑥ 洗涤　开启洗涤水出口阀，再开启过滤机洗涤水进口阀向过滤机内送入洗涤水，在相同压力下洗涤滤渣，直至洗涤符合要求。

（3）停车　关闭过滤压力表前的调节阀及洗涤水进口阀，松开活动机头上的螺旋，将滤板、滤框拉开，卸出滤饼，并将滤板和滤框清洗干净，以备下一轮循环使用。

2．板框压滤机常见故障与处理方法（见表5-8）

表5-8　板框压滤机常见故障与处理方法

常见故障	原　因	处理方法
局部泄漏	1．滤框有裂纹或穿孔缺陷，滤框和滤板边缘磨损； 2．滤布未铺好或破损； 3．物料内有障碍物	1．更换新滤框和滤板； 2．重新铺平或更换新滤布； 3．清除干净
压紧程度不够	1．滤框不合格； 2．滤框、滤板和传动件之间有障碍物	1．更换合格滤布； 2．清除障碍物
滤液浑浊	滤布破损	及时更换

3．板框过滤机的维护

① 压滤机停止使用时，应冲洗干净，传动机构应保持整洁，无油污、油垢。

② 滤布每次清洗时应清洗干净，避免滤渣堵塞滤孔。

③ 电气开关应防潮保护。

三、训练装置

板框压滤机是一种历史较旧，但仍沿用不衰的间歇式压滤机。由若干块滤板和滤框间隔排列，靠滤板和滤框两侧的支耳架在机架的横梁上，用一端的压紧装置压紧组装而成，如图5-5所示。滤板和滤框是板框压滤机的主要工作部件，滤板和滤框的个数在机座长度范围内可自行调节，一般为10～60块不等，过滤面积为2～80m^2。

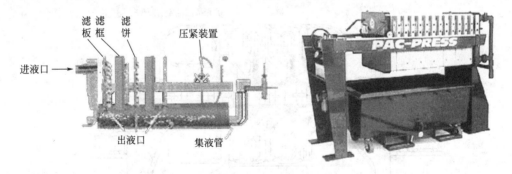

图 5-5　板框压滤机

板框压滤机为间歇操作，每个操作周期由装配、压紧、过滤、洗涤、拆开、卸料、清洗处理等操作组成。板框经装配、压紧后开始过滤，过滤时，悬浮液在一定的压力下经滤浆通道，由滤框角端的暗孔进入框内，滤液分别穿过两侧滤布，再经邻板板面流到滤液出口排走，固体则被截留于框内，待滤饼充满滤框后，即停止过滤。

板框压滤机优点是构造简单，制造方便、价格低；过滤面积大，且可根据需要增减滤板以调节过滤能力；推动力大，对物料的适应能力强，对颗粒细小而液体量较大的滤浆也能适用。

缺点是间歇操作，生产效率低；卸渣、清洗和组装需要时间、人力，劳动强度大，但随着各种自动操作的板框压滤机的出现，这一缺点会得到一定程度的改进。

四、训练要求

① 熟练掌握板框压滤机的开停车步骤。

② 掌握板框压滤机的调节技能及常见故障的处理方法。

③ 注意安全，以免在训练中发生危险。

④ 进行操作验收并计分。

任务六　离心式鼓风机的操作与维护技能训练

一、训练目的

掌握离心式鼓风机的结构、流量调节、开停车操作及常见故障处理方法。

二、训练内容

1. 离心式鼓风机结构

离心式鼓风机主要由机身、转子组件、密封装置、轴承、联轴器、润滑系统及其他辅助零部件等组成。典型的多级离心式鼓风机见图5-6。其结构特点是将几个叶轮装在一根轴上，每个叶轮的外面均装有一个回流室，轴上叶轮的个数代表鼓风机的级数。在级与级之间，轴与机壳之间设有密封装置。叶轮固定在轴上形成转子。主轴两端由轴承支承并置于轴承箱内，为防止主轴受轴向力进气口方向窜动，一般在主轴进气口一侧安装止推轴衬或止推轴承。为保证鼓风机正常工作，鼓风机上还装有润滑系统。离心式鼓风机工作原理如图5-7所示。

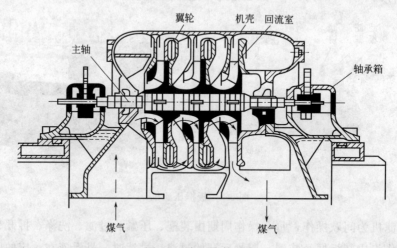

图 5-6　离心式鼓风机

2. 离心式鼓风机的流量调节

（1）进出口开闭器调节　此法鼓风机的功率消耗和煤气升温增大，另外也容易产生渗漏。

（2）"小循环"调节　进出口交通管调节，一部分煤气经重复压缩，无疑鼓风机的功率消耗和煤气温升也要增大。

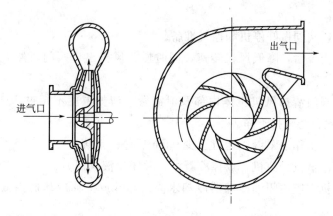

图 5-7　离心式鼓风机工作原理

（3）"大循环"调节　即将鼓风机压出的煤气部分地送到初冷器前的煤气管道中，经过冷却后，再回到鼓风机。一般当煤气量为鼓风机额定能力的 1/4～1/3 时，就需采用"大循环"的措施。显然，"大循环"可解决煤气升温过高的问题，但要增加鼓风机的能量消耗和初冷器的负荷。

（4）转数调节　汽轮机驱动的鼓风机：改变进入透平机的蒸汽量，即可改变透平机的转速，亦即改变鼓风机的转速。变速电动机驱动的鼓风机：改变电动机的转速，即可改变鼓风机转速。有液力偶合器的鼓风机：通过改变液力偶合器工作腔内液体的充满度，使原动机转速不变的条件下，实现鼓风机的无级变速。

3. 离心式鼓风机开停车、紧急停车及换机操作

（1）开车操作

① 鼓风机开车前必须通知厂调度和电工、仪表工、维修工到场，通知上下游操作岗位。

② 暖机。用蒸汽清扫下液管，暖机温度不超过 70℃，暖机时阀门开度要小，时间不能太长（第一次开机不需暖机）。

③ 盘车。暖机过程要不断进行盘车，并且要把暖机产生的冷凝水随时放掉。

④ 开电加热器使油箱油温高于 25℃，启动油泵，检查各润滑点及高位油箱回油情况，油冷却器给排水情况。

⑤ 打开进口阀门，关闭鼓风机前后泄液管阀门。

⑥ 手动操作启动风机，待风机运转正常后，逐渐增加风机的转速。

⑦ 当机后压力接近 4～5kPa 时，逐渐开启风机出口阀门，同时继续增加液力偶合器油位。当接近风机临界转速区时，迅速增速越过临界转速区，使风机在临界转速区外运行。

⑧ 鼓风机运行稳定后，打开风机前后下液管阀门，并定期清扫下液管，保证下液管泄液畅通。

⑨ 鼓风机启动后，要认真检查轴承温度、机体振动、油温、油压，有问题及时处理（仪表工要把各联锁加上）。

⑩ 鼓风机运行正常后转入正常生产，应坚持巡回检查，并认真做好开机记录。

（2）停车操作

① 通知调度，共同做好停机和停气准备。

② 接到停机指令后，降低风机转速，同时慢关风机出口阀门，然后停鼓风机，关闭风机进口阀门。

③ 微开蒸汽阀门清扫风机机体内部及泄液管（清扫温度不超过 70℃），同时进行盘车，把转子上的附着物清扫干净。

④ 风机停机后工作油泵继续运行至少 0.5h 后停油系统。

⑤ 清扫完毕停蒸汽、凉机，放掉冷凝液，关闭排液阀门。

⑥ 长时间停机，应关闭油冷却器冷却水阀门，并放空油冷却器内液体，冬季防止冻坏设备。

（3）紧急停车　如发生下列情况之一，鼓风机司机或助手有权按停机操作规程紧急停车，并迅速上报生产调度和车间。

① 鼓风机电机电流迅速上升，并超过额定电流且不下降。

② 机组发生剧烈振动，超过规定。

③ 机体内有显著的金属撞击声或摩擦声。

④ 机体或电机内部或油系统发生冒烟或冒火现象。

⑤ 当机组的轴承温度直线上升或润滑油系统油压下降超过规定指标，而机组不能联锁停车。

⑥ 当液力偶合器的油温或油压超过规定指标，而不能联锁停车。

（4）换机操作

① 换机操作前应先与调度、值班长、中控室联系，共同做好换机操作准备。

② 中控室把在运机由自动切换为手动。

③ 做好备用机启动前的准备工作。

④ 按风机开机操作步骤启动备用机，在开备用机出口阀门同时同步关在用机出口阀门。

⑤ 鼓风机换机操作完毕，备用机运行正常后，按停机操作步骤停在运机。

⑥ 做好换机操作记录。

4. 离心式鼓风机常见故障、产生原因及处理方法

离心式鼓风机常见故障、产生原因及处理方法见表 5-9。

5. 鼓风机维护

① 监视鼓风机集合温度、轴瓦温度转速表；

② 进行鼓风机油冷却正常操作；

③ 清洗油箱、更换过滤网；

④ 进行设备清扫、加油及维护。

三、训练要求

① 熟练掌握离心式鼓风机的开停车步骤。

② 掌握离心式鼓风机流量的调节技能及常见故障的处理方法。

③ 注意安全，以免在训练中发生危险。

④ 进行操作验收并计分。

表 5-9 离心式鼓风机常见故障、产生原因及处理方法

常见故障	产生原因	处理方法
风机振动	1. 联轴器找正误差大； 2. 气封中发生碰撞； 3. 叶轮与隔板摩擦； 4. 压盖与瓦松动； 5. 转子不平衡； 6. 润滑油温太低； 7. 轴承间隙过大或轴承损坏； 8. 工作轮与隔板摩擦； 9. 工作轮与定距套间隙小，工作轮变形； 10. 地脚螺栓松动； 11. 叶轮叶片严重腐蚀； 12. 鼓风机在飞动区工作	1. 重新找正； 2. 调整气封重装； 3. 重新组装； 4. 压紧压盖螺栓； 5. 重新清理，进行静动平衡试验； 6. 提高油温或减小冷却器进水量； 7. 调整间隙或更换轴承； 8. 重新调整，修理摩擦处； 9. 增大膨胀间隙； 10. 拧紧螺栓； 11. 更换； 12. 调整负荷，使之脱离飞动区
出口总管无压力	1. 入口阀未开或开度过小； 2. 电动机线接反，鼓风机反转； 3. 出口管线漏气； 4. 进口管线积水过多	1. 调整入口阀开度； 2. 检查并重新接线； 3. 检查并修复泄漏处； 4. 排放积水
鼓风机不能启动	1. 启动油泵未开或油压不足； 2. 电路或电气设备有故障	1. 启动油泵或调整油压； 2. 请电工检查并恢复正常工作
轴承温升过高	1. 轴瓦或轴承体上油孔堵塞； 2. 轴瓦间隙小或轴瓦下部接触角太小； 3. 油中含水或杂质； 4. 油冷却器发生故障，冷却效果差； 5. 供油量不足； 6. 流动轴承安装不正确； 7. 流动体有麻点、脱皮等缺陷； 8. 润滑脂装填过多； 9. 轴承卡住，轴承盖压得太紧	1. 疏通油孔； 2. 检查间隙量或加大接触角； 3. 清除油中水分，更换过滤器或新油； 4. 疏通清洗冷却器，加大冷却水量； 5. 补充油量，检查过滤器及油泵； 6. 重新按技术要求安装； 7. 更换轴承； 8. 适当减少； 9. 调整轴承与压盖间的间隙
进油管油压降低	1. 油过滤器堵塞； 2. 油箱内油面过低； 3. 油管吸入管道不严、漏气； 4. 单向阀失灵造成回油、管道中有空气，油泵不能工作； 5. 油泵压力不足	1. 清洗过滤器； 2. 检查油箱有无泄漏并加油； 3. 检查管道堵塞泄漏处； 4. 检修单向阀； 5. 减小油泵齿轮与泵壳间间隙
油冷却器出口油温过高	1. 油冷却器结垢； 2. 冷却水量不足； 3. 冷却水压力不足； 4. 冷却水管进水阀损坏无法开启； 5. 冷却器外壳内积有空气	1. 清洗油冷却器； 2. 开大进水阀； 3. 调节进出口阀提压或增加水压； 4. 检修或更换阀门； 5. 打开冷却器上方排气塞排气
油泵壳体发热	1. 工作轮与泵壳摩擦； 2. 油泵装得位置不正确	1. 检查修理； 2. 重新调整安装

参 考 文 献

[1] 周长丽主编．化工单元操作．北京：化学工业出版社，2010.

[2] 闫晔，刘佩田主编．化工单元操作过程．北京：化学工业出版社，2008.

[3] 刘水祺主编．分离过程．北京：化学工业出版社，2002.

[4] 姚玉英主编．化工原理．天津：天津科学技术出版社，2002.

[5] 王志魁编著．化工原理．第 2 版．北京：化学工业出版社，2002.